O ÚLTIMO DOS MOICANOS

JAMES FENIMORE COOPER

O ÚLTIMO DOS MOICANOS

Camelot
EDITORA

CONHEÇA NOSSO LIVROS
ACESSANDO AQUI!

Copyright desta tradução © IBC - Instituto Brasileiro De Cultura, 2023

Título original: The Last of the Mohicans
Reservados todos os direitos desta tradução e produção, pela lei 9.610 de 19.2.1998.

1ª Impressão 2024

Presidente: Paulo Roberto Houch
MTB 0083982/SP

Coordenação Editorial: Priscilla Sipans
Coordenação de Arte: Rubens Martim (capa)
Revisão: Mirella Moreno
Apoio de revisão: Gabriela Gaia
Tradução: Hélcio de Oliveira Coelho

Vendas: Tel.: (11) 3393-7727 (comercial2@editoraonline.com.br)

Foi feito o depósito legal.
Impresso no Brasil

Dados Internacionais de Catalogação na Publicação (CIP) de acordo com ISBD	
C181u	Camelot Editora
	O Último dos Moicanos / Camelot Editora. – Barueri : Camelot Editora, 2024. 144 p. ; 15,1cm x 23cm.
	ISBN: 978-65-6095-075-7
	1. Literatura americana. 2. Romance. I. Título.
2024-409	CDD 813.5 CDU 821.111(73)-31
Elaborado por Odilio Hilario Moreira Junior - CRB-8/9949	

IBC — Instituto Brasileiro de Cultura LTDA
CNPJ 04.207.648/0001-94
Avenida Juruá, 762 — Alphaville Industrial
CEP. 06455-010 — Barueri/SP
www.editoraonline.com.br

SUMÁRIO

PREFÁCIO 7
1   ALERTA NO FORTE EDWARD 12
2   ENCONTRO NA FLORESTA 19
3   NA CAVERNA DO GLENN 28
4   PRISIONEIRO DOS HURONS 36
5   UMA FAÇANHA DO LONGA-CARABINA 47
6   UM REGRESSO MOVIMENTADO 54
7   DOIS VALENTES ADVERSÁRIOS 62
8   O MASSACRE DO FORTE WILLIAM-HENRY 71
9   PERSEGUIÇÃO NO HORICAN 76
10   A AVENTURA DE DAVID LA GAMME 84
11   NA BOCA DO LOBO 92
12   A CAVERNA DOS HURONS 98
13   O DEVOTAMENTO DE DAVID LA GAMME 107
14   NO ACAMPAMENTO DOS DELAWARES 114
15   A SENTENÇA DE TANEMUND 124
16   A MORTE DE UNCAS 131
17   NA FLORESTA BENFAZEJA 138

PREFÁCIO

O leitor que tomar esta obra com a esperança de encontrar um quadro romântico e imaginário de coisas que jamais tiveram existência, provavelmente irá colocá-la de lado, desapontado. A obra é precisamente o que pretende ser pelo seu título original: uma narrativa. No entanto, como refere-se a assuntos que podem não ser universalmente entendidos, especialmente com relação ao sexo mais imaginoso, do qual alguns membros podem, sob a impressão de que se trate de ficção, ser induzidos a ler o livro, torna-se do interesse do A. explicar algumas obscuridades das alusões históricas. Sente-se exortado a desincumbir-se desse dever pela taça amarga da experiência que tem, muitas vezes, provado que, por mais ignorante que seja o público antes de ter a história frente aos olhos, no instante em que passe por essa terrível prova, esse público, tanto individual como coletivamente (pode acrescentar-se intuitivamente), sabe mais sobre a obra do que o agente de sua descoberta. Ainda mais, em completa oposição a tal fato, inegável, torna-se arriscada experiência para o escritor como para o futuro autor confiar no poder inventivo de qualquer pessoa que não seja ele mesmo. Desse modo, nada que possa ser suficientemente explicado ficará em mistério. Tal expediente proporcionaria apenas aos leitores desta descrição um prazer especial, os quais têm uma estranha paga mais em gastar seu tempo fazendo livros do que seu dinheiro em comprá-los. Com essa explicação preliminar sobre as razões por que apresenta palavras tão ininteligíveis no próprio limiar de seu empreendimento, dá o início à obra. Claro que nada será dito, nem o precisa ser, que qualquer pessoa, mesmo no mínimo grau do conhecimento das antiguidades dos índios[1], não esteja familiarizada.

A suprema dificuldade com que terá o leitor de debater-se como estudioso da história dos indígenas será a confusão absoluta que envolve nomes. Quando, porém, recorda-se que tanto holandeses, ingleses e franceses, nesse particular, tomaram uma liberdade de conquistadores, que os próprios nativos não apenas falam línguas diferentes e até mesmo dialetos dessas línguas, como também adoram multiplicar os apelativos, a dificuldade torna-se um caso mais de pesar do que de surpresa. Espera-se que a obscuridade de quaisquer faltas que possam existir nas páginas que se vão seguir será imputada a tal fato.

Os europeus acharam a imensa região que se estende entre o Penobscot e o Potomac, o Atlântico e o Mississipi, em poder de um povo oriundo do mesmo *stock*[2]. Num ou dois pontos, essa imensa fronteira deve ter tido seus limites alargados ou diminuídos pelas nações circunvizinhas; mas, em termos gerais, era essa a extensão de seu território. O nome genérico desse povo era Wapanachki. No entanto, gostavam de se tratar por "Lenni Lenape", o que significa "gente que não se mistura". Ultrapassaria de muito o conhecimento do A. a enumeração de apenas a metade das comunidades ou tribos em que se subdividiram essa raça. Cada tribo tinha o seu nome, seus caciques, seus lugares de caça e, frequentemente, seu próprio dialeto. Como os príncipes feudais do velho mundo, combatiam-se e exerciam muitos outros privilégios de soberania. E mais, aceitavam as reivindicações

---

1   Para esta obra, optamos por manter o termo "índios" visando uma melhor experiência com relação ao contexto histórico em que fora escrita. (N. do R.)
2   Termo usado em Antropologia. O antropólogo norte-americano Ralph Linton dá-lhe a seguinte definição: grupos de raças cujo conteúdo é estabelecido por uma série menor de traços antropológicos. Para ele, os *stocks* existentes são apenas três: o caucásico ou branco, o negroide ou preto e o mongólico ou amarelo. (N. do T.)

de uma origem comum, uma língua idêntica e um interesse moral que se transmitiu com fidelidade admirável às suas tradições. Um ramo desse numeroso povo estabeleceu-se às margens de um lindo rio, conhecido como "Lena-pewihittuck", onde a "casa grande" ou "fogo do conselho" da nação admitia-se como universalmente estabelecido.

A tribo em cuja posse estava a região que hoje constitui as partes meridionais da Nova Inglaterra e a parte de Nova Iorque a leste do rio Hudson, bem como a região que fica bem mais ao sul, era um povo poderoso, chamado "Mahicanni" ou, mais comumente, os Moicanos. Este último vocábulo foi, desde então, corrompido pelos ingleses no termo "Mohegan".

Os Moicanos se subdividiram novamente. Como coletividade, até disputavam a antiguidade com seus vizinhos, os quais possuíam a "casa grande"; mas a reivindicação de serem "o filho mais velho de seu avô" era livremente aceita. Claro que essa parte dos primitivos donos da terra foi a primeira que os brancos desapropriaram. Os poucos que ainda restam imiscuiram-se de preferência nas outras tribos e não retêm nenhuma outra lembrança de seu poder e grandeza além de melancólicas recordações.

A tribo que guardava os recintos sagrados da "casa do conselho" distinguiu-se durante anos pelo lisonjeiro título de "Lenape"; no entanto, quando os ingleses mudaram o nome do rio para Delaware, acabou aos poucos por ser conhecida pelo mesmo nome. No uso de tais termos, porém, observava-se entre eles grande sutileza de percepção. Esses matizes de expressão permeiam sua língua, moderando as comunicações e dando com frequência o seu páthos[3] ou energia à sua eloquência.

Ao longo de muitas milhas da fronteira setentrional estabeleceu-se um outro povo, igualmente situado com relação às subdivisões, à descendência e à língua. Eram tratados pelos vizinhos por "Mengwe". Esses selvagens do norte, porém, foram durante certo

---

3   Ato de suscitar sentimentos nos espectadores através de representações artísticas. (N. do R.)

tempo menos poderosos e menos unidos que os Lenapes. Para compensar essa desvantagem, cinco das tribos mais poderosas e mais guerreiras que ficavam mais perto da "casa do conselho" de seus inimigos, aliaram-se com o propósito de defesa mútua, sendo, na verdade, as mais antigas repúblicas unidas de que a história da América do Norte dá provas. Essas tribos eram os Mohawks, os Oneidas, os Senecas, os Cayugas e os Onondagas. Posteriormente, um bando errante de sua raça, que "chegara mais perto do Sol", foi recuperado e admitido em completa comunhão de todos os privilégios políticos. Essa tribo, os Tuscarora, aumentou de tal monta o número daqueles, que os ingleses mudaram o nome dado à confederação, de "as cinco" para "as seis nações". Veremos no curso da narrativa que a palavra nação é, algumas vezes, aplicada a uma comunidade e, outras, a um povo em sentido mais lato[4]. Os Mengwe eram frequentemente chamados por seus vizinhos indígenas de "Maquas" e, de um modo pejorativo, de "Mingos". Os franceses lhes davam o nome de "Iroquois", provável corruptela de um de seus próprios termos.

Existe toda uma história desgraciosa, mas autêntica, da maneira pela qual os holandeses, de um lado, e os Mengwe, do outro, conseguiram persuadir que os Lenapes desfizeram-se de armas, confiando inteiramente sua defesa a esses últimos e tornando-se, em resumo, na linguagem figurada dos nativos, "mulheres". A política dos holandeses era segura, por mais generosa que pudesse ter sido. Dessa época pode datar-se a decadência da maior e mais civilizada nação india que existiu dentro das fronteiras dos atuais Estados Unidos. Saqueados pelos brancos, assassinados e oprimidos pelos selvagens, apegaram-se durante algum tempo ao "fogo do conselho" para, finalmente, fragmentar-se em bandos e buscar refúgio na selva do oeste. Como a chama da vela que se extingue, sua glória também brilhou mais intensamente na hora em que desapareceram.

Muito mais poderia ser dito a respeito desse interessante povo, especialmente sobre sua história mais contemporânea: mas acredito que não seja essencial ao plano desta obra. Desde a morte do piedoso,

---

4 Extensivo. (N. do R.)

venerável e experiente Heckewelder que desapareceu um cabedal de informações dessa natureza que, é de temer-se, nunca mais poderá reunir-se em um só indivíduo. Trabalhou ele longa e ardentemente em favor deles, não só para fazer vingar-lhes o nome como para melhorar sua condição moral.

Assim, com essa curta introdução ao assunto, entrega este livro ao leitor. Como, porém, a sinceridade, para não dizer justiça, exige que ele tenha em mãos essa declaração, aconselha a todas as moças cujas ideias normalmente se circunscrevem às quatro paredes de uma confortável sala de estar, a todos os cavalheiros solteiros de certa idade que estejam sob a influência dos ventos, bem como a todos os padres que tenham em mãos o livro com a intenção de lê-lo, que abandonem tal propósito. Dê esse conselho a essas moças porque, depois que tiverem lido o livro, certamente o considerarão chocante; aos solteiros, porque poderia perturbar-lhes o sono, e aos reverendos porque poderiam bem ocupar-se de melhores afazeres.

JAMES FENIMORE COOPER

1
ALERTA NO FORTE EDWARD

Distrito algum, talvez, ao longo da imensa linha de fronteiras intermediárias que separavam as possessões coloniais francesas e inglesas da América do Norte, podia oferecer um quadro mais autêntico da crueldade e ferocidade das guerras selvagens da época, do que a região situada entre as nascentes do Rio Hudson e os lagos adjacentes. A natureza, ali, proporcionava facilidades muito maiores à marcha dos combatentes do que em qualquer outro lugar. O extenso lençol líquido do Lago Champlain alongava-se das fronteiras do Canadá aos confins da vizinha província de Nova Iorque, e formava uma passagem natural da qual os franceses precisavam ser os donos para poderem atacar os inimigos. Prolongava-se ao sul pelo Lago do Santo Sacramento — o lago santo — em cujas margens tinha início um *portage*[5] de fácil acesso que levava até à margem do rio Hudson, num lugar onde, tirante os obstáculos normais das cataratas, esse rio era navegável. Foi nesse cenário em que se passaram os acontecimentos aqui relatados, no terceiro ano da guerra entre França e Inglaterra, pela posse de uma região que, um dia, não estava destinada nem a uma, nem a outra.

A incapacidade de seus chefes militares provocou a queda da Inglaterra da elevada posição a que fora içada pelo espírito empreendedor de seus velhos guerreiros. Já não era mais temida pelos inimigos e colonos, e num profundo abatimento, faziam naturalmente sua parte. Recentemente, um exército de elite, comandado pelo General Braddokú, fora desbaratado por um punhado de franceses e de indí-

---

[5] Inevitável o emprego do vocábulo no original, que significa transporte por terra entre duas vias navegáveis. Termo semelhante há em português, mas não idêntico em seu significado: portagem. No Amazonas, usa-se a palavra furo, cuja acepção é mais ou menos correspondente: comunicação natural entre dois rios ou entre um rio e um lago. (N. do T.)

genas, só evitando a destruição total graças ao sangue-frio e à coragem do jovem Coronel Washington.

Esse inesperado desastre deixara a descoberto uma ampla extensão de fronteiras. Os colonos, alarmados, pensavam que ouviam os berros dos selvagens misturando-se em cada golfada de vento que saía sibilando das imensas florestas do oeste, pois inúmeros exemplos de massacres ainda estavam vivamente gravados em sua memória.

Ao fim de um certo dia de verão, um mensageiro indígena entrou no Forte Edward, a cidadela que fazia a cobertura do *portage* situado entre o Rio Hudson e os lagos, trazendo uma notícia que mergulhou toda a colônia em profunda consternação: Montcalm fora visto a subir o Lago Champlain à frente de um formidável exército, enquanto na outra extremidade o Coronel Munroe, comandante do Forte William-Henry, pedia que lhe mandassem reforços sem perda de um minuto. A estrada que ligava os dois acampamentos fora alargada a fim de que por ela passassem as carretas, de modo que a distância — umas doze milhas — pudesse ser facilmente vencida por um destacamento de tropas com munições e víveres[6] no lapso do nascer ao pôr do sol.

O General Webb, comandante do Forte Edward, tinha sob seu comando os exércitos do rei nas províncias do norte, e sua guarnição era composta de cinco mil homens. Reunindo os vários destacamentos à sua disposição, poderia o oficial dispôr em linha de combate uma força aproximadamente o dobro desse número, contra o diligente francês que, tão imprudentemente, arriscara-se longe de sua retaguarda. Não hesitou e, pouco depois, em toda a linha do acampamento que, coberto de trincheiras, estendia-se ao longo das margens do Hudson, espalhou-se a notícia de que um destacamento de mil e quinhentos homens das tropas de elite devia pôr-se em marcha ao romper do dia em direção ao Forte William-Henry.

Logo tiveram início os preparativos, que se prolongaram até a noite. Ao amanhecer, o corpo principal dos combatentes formou-se em

---

6 Provisões alimentícias. (N. do R.)

colunas, saindo do acampamento em meio à aclamação geral, e embrenhou-se na floresta. Apenas o último soldado sumira e já se anunciava diante do pavilhão do quartel-general que um novo contingente ia partir. Ordenanças carregados de bagagens estavam atarefados em volta de seis cavalos ricamente ajaezados[7], ao passo que as sentinelas a custo continham a multidão à distância. Por vezes, voltavam-se os curiosos para examinar o mensageiro indígenas que trouxera ao acampamento notícia tão contrista e que, à parte, aguardava sem dar-se conta do que se passava ao redor. Trazia o *tomahawk*[8] e a faca de sua tribo, mas absolutamente não tinha a aparência de um guerreiro: as cores de sua tatuagem mesclavam-se e baralhavam-se, dando-lhe um aspecto ainda mais repelente. Apenas seus olhos conservavam um brilho natural e selvagem.

Logo houve um movimento geral entre os ordenanças. Certo jovem, trajando o uniforme das tropas reais, surgiu à porta do pavilhão e levou aos cavalos duas moças que, a julgar pelas roupas, dispunham-se a enfrentar as canseiras de uma viagem pelos bosques. Ao passarem, a mais nova foi a mais admirada, com uma bela tez rosada, cabelos louros, olhos azuis e um sorriso gracioso, dado ao jovem oficial que a ajudara a montar. A outra, morena e não menos bela, escondia seus encantos aos olhares dos soldados, com um recato que parecia denunciar maior experiência.

Assim que montaram, o jovem oficial, lesto[9], saltou sobre seu belo cavalo de batalha e os três saudaram o general Webb, que os acompanhara até a porta. Depois, seguidos pelos ordenanças, dirigiram-se à saída norte do acampamento. De repente, a mais nova soltou uma ligeira exclamação quando viu o mensageiro indígenas passar bruscamente por ela e colocar-se à testa da expedição na estrada militar.

— É sempre que se veem fantasmas nos bosques, Heyward? — perguntou ao companheiro. — Ou será que tal espetáculo é um divertimento especial que nos quiseram proporcionar?

---

7   Com muitos enfeites; ornado. (N. do R.)
8   Machado usado pelos peles-vermelhas (N. do T.)
9   Que se move com agilidade. (N. do R.)

— O índio é mensageiro de nosso exército — respondeu o oficial.
— Pode passar por um herói à moda de seu país. Ofereceu-se para conduzir-nos ao lago por um atalho pouco conhecido, porém mais curto e mais fácil do que a pista do *portage*.

— O homem não me agrada, Duncan, mas por certo você o conhece bem, não é?

— Pode ficar tranquila, minha querida Alice. Sim, claro que o conheço bem. Segundo se diz, é canadense de nascimento, mas serviu com os nossos amigos, os Hohawks. Ficou conosco depois de um estranho incidente em que seu pai esteve envolvido. Mas, já me esqueci dessa velha história; é bastante que agora ele seja nosso amigo.

— Se foi inimigo de meu pai, agrada-me menos ainda! — exclamou Alice, ainda mais espantada.

— É um bom guia — insistiu o jovem major —, e tenho nele absoluta confiança. Olhe que parou: com certeza o atalho que devemos tomar fica perto daqui.

Com efeito, o índio estava esperando por eles um pouco mais longe. Com a mão, mostrou-lhes o atalho, tão estreito que duas pessoas não poderiam passar juntas, penetrando na floresta e cotejando a estrada militar.

— Eis nosso caminho — disse o major às duas moças. — Não mostrem nenhuma desconfiança, senão podem provocar o perigo que temem.

— Que pensa disso, Cora? — perguntou Alice excitada pela inquietação. Não estaríamos mais seguras se seguíssemos no rastro do destacamento?

— Se os inimigos já tiverem chegado ao *portage* — disse Heyward —, ficarão nos flancos do destacamento para atacar os retardatários e os que se desviarem. A rota do corpo de exército é conhecida, mas a nossa não o pode ser porque há apenas uma hora que foi escolhida.

Cora, com ar de piedade, indagou:

— Deve desconfiar-se do homem só porque suas maneiras são outras que não as nossas e a cor de sua pele não é branca?

Alice não hesitou mais e, dando uma chicotada no alazão, foi a primeira a penetrar no escuro atalho. O próprio jovem afastava os galhos para facilitar o caminho a Cora, que o seguia. Os ordenanças receberam com antecedência as instruções e, em vez de entrarem pelo bosque, continuaram pela estrada do destacamento. Essa medida, segundo Heyward, fora sugerida pelo guia, a fim de deixarem menos vestígios de sua passagem.

Depois que os viajantes atravessaram a orla do bosque, acharam-se sob uma abóbada de árvores enormes, pelas quais não penetravam os raios do Sol, mas onde o caminho era mais fácil. Imediatamente, o guia tomou uma marcha que regulava entre o passo e o trote, de maneira a acompanhar a cadência dos cavalos. O jovem oficial voltava a cabeça para dirigir algumas palavras a Cora, sua companheira de olhos negros, quando um tropel de cavalos se fez ouvir ao longe. Na mesma hora, parou o animal, no que foi imitado pelas duas moças.

Ao cabo de um instante, viram surgir do bosque um indivíduo de aspecto bizarro, montado numa égua pequena e magra, cabeluda, acompanhada de um saltitante potro. Tal personagem, desengonçado e de braços compridos e magros, trajava uma roupa azul de gola baixa, culotes justos de marroquim pardo, meias de algodão riscado e sapatos rotos, num dos quais via-se uma espora. A boca de uma clarineta aparecia no bolso de sua túnica, e um enorme chapéu de couro de castor, dos que então costumavam usar os clérigos; cobria-lhe a cabeça grande e arredondada, dando-lhe uma espécie de dignidade à feição tranquila. Acalmados, o major e as duas companheiras sorriram ao verem tal original figura.

— Procura alguém por aqui? — indagou Heyward do desconhecido.

— De fato — respondeu tirando com delicadeza o enorme chapéu tricórnio. — Soube que dirigem-se para o forte William-Henry e, como também vou para lá, conclui que aumentar a boa companhia só poderia ser agradável a ambas as partes.

— Se tiver a pretensão de ir até o lago — disse Heyward com altivez —, o senhor enganou-se de estrada: ficou pelo menos a uma meia milha para trás.

— De fato — replicou o desconhecido, sem deixar-se desconcertar por tão fria acolhida. — Passei uma semana no forte Edward, e seria preciso que fosse mudo e surdo para não colher informações sobre a estrada que deveria tomar. E, se fosse mudo, adeus minha profissão!

— Seria por acaso adido ao corpo provincial como mestre da nobre ciência da guerra, não? — perguntou-lhe Heyward, num tom de deboche.

— O senhor está enganado — retorquiu o estranho com uma solene expressão de humildade. — Não passo de um modesto cantor de salmos, e minha missão aqui na terra é elevar a espiritualidade dos corações por meio da harmonia. Tirando de novo o enorme chapéu de castor, inclinou-se para as moças e apresentou-se pomposo:

— David La Gamme. Declamador de salmos e professor de canto, para servir e encantá-las...

Cedendo às instâncias das companheiras, o Major Heyward autorizou-o a juntar-se à expedição, e tomou a dianteira com Cora, enquanto Alice seguiu atrás em companhia do recém-chegado, que desmanchava-se em agradecimentos.

— De tal maneira então que... o senhor se especializou no estudo do canto sacro, não? — perguntou Alice.

— Precisamente. Sabe a senhora, por exemplo, que os salmos do Rei Davi, cujo nome ostento com respeito, oferecem belezas que não se encontram em nenhuma outra língua? Nunca viajo nem paro em qualquer lugar, nunca me recolho, sem ter comigo um exemplar desse livro divino. A senhora quer ouvir algumas estrofes?

Mesmo a cavalo, tirou do bolso o livro de que falava e, fixando no nariz os óculos de aros de ferro, abriu o volume com enorme veneração. Em seguida, sem maior cerimônia, embocou a clarineta, produzindo um som agudo que sua voz repetiu uma oitava mais baixo, e pôs-se a cantar o primeiro versículo, marcando o compasso com a mão direita.

Esse ruidoso intervalo que rompeu o silêncio da floresta não pareceu ser do agrado dos viajantes que iam à frente. O índio disse algumas palavras em mau inglês a Heyward, que retrocedeu para mandar calar o salmodista.

— Embora não corramos nenhum perigo — disse ele —, a prudência exige que viajemos nesta floresta fazendo o menor barulho possível. Portanto, Alice, você vai perdoar-me se pedir ao seu amigo que reserve o canto para melhor ocasião, não?

A jovem fez um sinal, e David La Gamme na mesma hora guardou a clarineta com docilidade.

Voltando a Cora, o major virou energicamente a cabeça na direção de uma moita ao lado do atalho: pareceu-lhe ver brilhar por entre a folhagem os olhos negros de um selvagem. Nada vendo, porém, e não ouvindo nenhum ruído, achou que se enganara e, sorrindo do engano, retomou a conversa interrompida pelo incidente.

No entanto, mal a expedição havia passado e os galhos da moita entreabriram-se para deixar surgir uma cabeça de índio tão feia quanto a podia tornar uma tatuagem de guerra bem-feita. Com os olhos, o espião seguiu os viajantes que se afastavam, e seu rosto exprimiu uma feroz satisfação ao ver a direção que tomavam.

2
ENCONTRO NA FLORESTA

Ao longo desse mesmo dia, dois homens detiveram-se às margens de um riacho estreito, porém rápido, a uma hora de marcha do Forte Edward, parecendo que esperavam a chegada de um terceiro ou o anúncio de qualquer movimento imprevisto. A imensa abóbada da floresta estendia-se até o riacho, e aí projetava uma sombra glauca[10] em sua superfície. Nesse remoto sítio, reinava o profundo silêncio, que acompanha a canícula[11] de julho nas solidões da América.

Os dois homens falavam em voz baixa. Um deles estava sentado num velho tronco coberto de musgo, e trazia no dorso avermelhado, quase nu, um horrível emblema de morte desenhado em preto e branco; a cabeça raspada, tirante um longo tufo de cabelos, apenas ornava-se com uma enorme pena de águia cuja ponta lhe caía no ombro esquerdo. Na cinta, o *tomahawk* é um escalpelo[12] de fabricação inglesa, e nos joelhos, um rifle militar dos que os brancos usam para armar seus aliados índios.

O outro era um caçador de raça branca, com o corpo magro e descarnado, cujos músculos pareciam enrijados no hábito das fadigas e das intempéries[13]. Trajava uma roupa de caça de cor verde salpicada de amarelo, um boné de couro e sapatos de couro enfeitados à moda dos naturais da região. Tinha as pernas cobertas com polainas de couro amarradas dos lados. Uma bolsa de caça e um saco de pólvora completavam seu equipamento. Encostada num tronco, junto dele, via-se uma carabina de cano longo.

---

10 Esverdeada. (N. do R.)
11 Calor forte. (N. do R.)
12 Instrumento utilizado para escalpelar. (N. do R.)
13 O mesmo que infortúnios. (N. do R.)

— Pais meus combater junto peles-vermelhas com armas iguais — dizia com orgulho o índio. — Não haver diferença, Hókai, entre flecha de pedra nossos guerreiros e bala de chumbo que você usar para matar. Naquele tempo, nós cruzar imensas planícies que dar comer búfalos das margens Rio Verde; nós combater Alligewis e terra coalhar com seu sangue rubro. Maquas perseguir nós curta distância, mas nós rechaçar eles para os bosques junto com ursos.

— Tudo isso ouvi contar — disse o caçador. — Foi muito antes que os ingleses aportassem neste país. Mas, onde está agora sua gente que ia se juntar aos parentes no Rio Delaware há já tantos anos?

— Todos partir para terra dos espíritos e mim ficar só no alto da montanha. Precisar descer para vale. Quando Uncas mim seguir não ficar mais uma gota do sangue dos Sagamoros; filho meu ser último dos Moicanos.

— Uncas estar aqui — murmurou uma voz junto deles com a mesma entonação suave, mas gutural. — Que querer dele?

Nesse momento um jovem guerreiro passou por eles com passo ligeiro, e foi sentar-se à margem do riacho. Chingaguk ergueu lentamente os olhos para o filho:

— Então Maquas ousar deixar nesses bosques marcas dos seus rastros?

— Mim seguir eles — respondeu o jovem índio —, mas eles ser poltrões[14] apesar do número.

— Amanhã — disse o pai enquanto volvia o olhar para o Sol que declinava —, nós mostrar Maquas nós ser homens.

O jovem índio virou-se de repente para eles, fazendo sinal que se calassem. Um gamo mostrara os chifres por entre as moitas que circundavam a colina mais próxima. Chingaguk fez um gesto de aprovação e Uncas, atirando-se de barriga no chão, avançou na direção do

---

14 Medrosos; covardes. (N. do R.)

animal, rastejando com cuidado. Ao chegar a uma distância razoável da moita, retesou lentamente o arco. Segundos depois, ouviu-se o silvo de uma corda que vibrava: uma esteira branca rasgou o ar e foi penetrar na moita de onde o gamo partiu aos saltos. Com destreza, Uncas esquivou-se da furiosa carga e enterrou a faca na goela do animal quando este passou por ele. O gamo, dando um pulo desesperado, caiu no riacho cujas águas ficaram tintas de seu sangue.

— Eis uma façanha que foi feita com a destreza própria de um índio! — exclamou com admiração o caçador. — E isso merecia ser visto.

— Psiu! — fez Chingaguk, virando-se para ele, com a vivacidade de um cão que fareja a caça.

— Quê? Então é uma tropa desses! — disse o caçador.

— Só haver um gamo e estar morto — respondeu o índio, colando o ouvido no chão. — Mim estar ouvindo passos...

Nem acabara de dizer essas palavras e um ruído de galhos pisados ecoou à distância; um pequeno grupo a cavalo surgiu à frente deles, no fundo de um atalho que dava para o riacho. Era o Major Heyward acompanhado das moças e do professor de canto. Os quatro pareciam cansados e, com ar inquieto, pararam ao ver o homem branco e os dois companheiros vermelhos. Instintivamente, levantou o caçador sua carabina, mas reconhecendo a aparência dos recém-chegados, caminhou para eles com um gesto de paz.

— Estamos procurando o Forte William-Henry — explicou Heyward. — Poderia informar-nos a que distância de lá estamos?

O caçador rompeu em riso:

— Então perderam a vista antes de se porem a caminho, pois a estrada que cruza o *portage* tem uns bons vinte côvados de largo, e duvido muito que Londres tenha uma rua dessa largura!

— Fiamos num guia índio que nos prometeu levar pelo atalho, mas seus indícios só serviram para afastar-nos mais. Muito esquisito um índio perder-se entre o Horican e a curva do rio. É Mohawk?

— Essa tribo adotou-o, mas acho que nasceu além, mais para o Norte; é dos que chamam de Hurons.

Os dois indígenas prestaram atenção com surpresa.

— Um Huron! — repetiu o caçador sacudindo a cabeça desconfiado. — Uma raça de bandidos. Pouco se lhes dá servir ao seu exército como ao de Montcalm.

— Pelo menos ainda não nos deixou: está poucos passos mais atrás.

— Gostaria de vê-lo. Se for um verdadeiro Huron, posso ler no seu ar de malfeitor e na maneira como se pinta.

O caçador passou por trás da égua do professor de salmos, acariciou o potro que aproveitara a parada para alimentar-se do leite materno, e foi saudar as duas moças que aguardavam a pouca distância. Conservara-se à parte, com o corpo apoiado numa árvore. O mensageiro índio suportou com a maior calma os olhares penetrantes do caçador, porém com ar tão velhaco e tão selvagem que não se podia duvidar de suas más intenções. Suficientemente esclarecido por esse breve exame, o caçador voltou-se para Heyward.

— Caso estivéssemos sós — disse-lhe em voz baixa —, poderia eu mesmo levá-lo ao Forte William-Henry em pouco mais ou menos uma hora, pois não nos é preciso mais do que isso para chegarmos até lá, mas é coisa impossível com as duas moças que acabo de ver. Nem pelo melhor fuzil das colônias arriscaria *uma* milha no bosque depois que a noite descer, em companhia desse mensageiro. Os Iroquois estão escondidos por toda parte, e esse bastardo Mohawk sabe muito bem onde achá-los para que eu o siga de boa vontade.

— Que fazer então? — perguntou Heyward, muito amolado por ouvir assim confirmadas suas primeiras suspeitas.

— Vá vê-lo com toda a calma dando-lhe de que se ocupar, falando disso ou daquilo, enquanto meus dois Moicanos dele se apoderam, sem nada causar à pintura de seu corpo, e o põem fora de combate pelo tempo que for preciso.

Desagradavelmente impressionado pela noite que já caía no bosque e, ademais, cuidando poupar às duas moças, que cabia-lhe proteger, qualquer alarma, dispôs-se então o major a seguir o conselho. Retrocedendo, sorriu ao passar para tranquilizar as companheiras e parou o cavalo diante da árvore onde ainda estava encostado o mensageiro.

— Eia, então, Magua! — disse tentando afetar um ar de confiança e franqueza. — Vem já caindo a noite e, mesmo assim, não estamos mais perto do Forte William-Henry do que estávamos pela manhã. Você errou o caminho e eu não tive melhor êxito. Ainda bem que o caçador que acabamos de encontrar promete levar-nos a um lugar onde possamos descansar em segurança até romper o dia.

— Nesse caso — disse o índio em mau inglês e fixando no major seus olhos brilhantes —, Caras-pálidas não precisar mais serviço de Magua. Magua ir embora.

— E que conta vai Magua dar das moças ao comandante do Forte William-Henry? Ousará dizer ao coronel Munroe que as deixou na estrada?

— Cabeça branca, voz forte e braço comprido; mas Magua não ouvir uma nem sentir outro quando estar no bosque.

— Vamos, Magua! — replicou Heyward, conciliando. — Munroe prometeu recompensar seus serviços e eu também prometo outra recompensa ao fim da viagem. Agora, pense em comer um pouco e descansar. Assim que as moças se refizerem do cansaço, recomeçaremos a viagem. Que diz, ein, Magua?

O índio levantou os olhos para Heyward com nítida intenção. Dando, porém, com o olhar do outro, virou a cabeça, sentou no chão com displicência, abriu o Alforge, de onde tirou alguma provisão e pôs-se a comer, depois de lançar o olhar em torno com ar desconfiado. Nesse momento, ouviu o major perto deles um barulho muito leve como de folhas pisadas, e compreendeu que devia agir com rapidez. Passando uma perna pela sela, apeou do cavalo decidido a reter à força o companheiro e contando com seu vigor para consegui-lo.

— Magua não quer comer? — perguntou-lhe solícito. — O trigo não está bom? Está muito seco, parece. Deixe-me vê-lo.

Magua permitiu que o outro metesse a mão em seu alforje e até que lhe tocasse na mão sem demonstrar nenhuma emoção. Mas, ao sentir os dedos do major subindo de leve pelo seu braço nu, pô-lo por terra com forte soco, saltou sobre seu corpo e de três saltos sumiu na densa floresta. Um segundo depois, surgiu Uncas e Chingaguk, como fantasmas, sem fazer nenhum barulho, lançando-se atrás do fugitivo, enquanto o caçador dava um tiro de carabina cuja chispa iluminou por um momento o mato escuro.

Heyward precipitou-se no rastro do índio, mas nem bem caminhara trezentos metros quando encontrou os companheiros que já haviam renunciado à perseguição.

— Foi por acaso que dei o tiro — disse o caçador descontente. — E é possível que o tenha atingido. Olhem o arbusto, tem umas manchas de sangue...

— É provável que Magua esteja caído por aí.

— Mas, por que então deixar de persegui-lo? Somos quatro contra um homem ferido.

— Está cansado de viver? Esse diabo vermelho o poria na mira dos *tomahawks* de seus companheiros antes mesmo que a perseguição esquentasse. Vamos, meus amigos. Não devemos permanecer mais tempo nessas paragens, ou então nossas cabeleiras secarão amanhã no campo de Montcalm.

Esse aviso sinistro trouxe cruelmente à mente de Heyward a necessidade de velar mais do que nunca pelas duas filhas do coronel Munroe. Abriu-se com o caçador, suplicando-lhe que viesse em seu auxílio. Hókai manteve um ligeiro conciliábulo com os dois amigos de cor e depois voltou ao major.

— Senhor — disse ele —, se deseja poupar o pior a essas duas moças, não há um minuto a perder: deve armar-se de toda coragem. Esses dois Moicanos e eu de tudo faremos para colocá-los em lugar seguro. Mas, antes de mais nada, é preciso que me prometa duas coisas: a primeira é manter-se calado como os bosques, aconteça o que acontecer; a segunda é que jamais o senhor revelará a quem quer que seja o lugar para onde vamos levá-los.

— Submeto-me a ambas as condições. Nesse caso, sigam-me. E depressa!

Voltaram em silêncio ao lugar onde haviam deixado Alice e Cora, e Heyward transmitiu-lhes as recomendações recebidas, ajudando-as a desmontarem. Em seguida, segurando os cavalos pelas rédeas, seguiram à frente até a margem do riacho onde já estava o caçador em companhia dos dois Moicanos e do declamador de salmos, David La Gamme. Hókai deu algumas ordens em voz baixa.

Na mesma hora os índios reuniram os animais, tocando-os para dentro da água e, fazendo-os marchar de encontro à correnteza, desapareceram por trás de um desvio da margem. Nesse ínterim, o caçador retirou uma canoa de casca de árvore que estava escondida atrás de uma moita, fazendo depois sinal para que as duas moças nela entrassem, ao que obedeceram em silêncio, mas não sem antes lançarem um olhar de medo para o bosque que parecia uma trincheira negra estendida ao longo da margem do riacho.

Assim que Cora e Alice se acomodaram, Heyward, David e o caçador entraram na água até a cintura e, cada qual segurando de um lado, empurraram a canoa rio acima. O silêncio era interrompido apenas pelo leve marulho do bote singrando as águas. Hókai ora abeirava-se da margem, ora afastava-se para evitar os buracos e os baixios, parando algumas vezes para ouvir com atenção se algo vinha das florestas adormecidas.

— Coragem! — murmurava para os dois homens. — Estamos chegando...

Naquela altura, o riacho apertava-se entre rochedos escarpados e cobertos de altas árvores, que sobre ele estendiam-se como uma imensa abóbada. Todo o espaço entre os rochedos era cheio de extensas trevas; para trás, a vista era barrada por uma curva e somente se via a linha negra das águas. Para frente, a água precipitava-se de uma altura vertiginosa nas profundas cavernas, com um estrondo que se ouvia à distância no bosque.

Os cavalos, com as patas mergulhadas dentro da água, foram amarrados em alguns troncos, encravados nas fendas dos rochedos. Os dois Moicanos esperavam no escuro e gritaram que tudo ia bem. O caçador colocou Heyward e o professor de canto numa ponta da canoa, saltou para a outra ponta e, com o auxílio de uma longa vara que apoiou num rochedo, deu um impulso ao bote, lançando-o à correnteza.

Os passageiros apenas ousavam respirar, e contemplavam trêmulos as ameaçadoras águas. O barco, após transpor de um só lanço o turbilhão que fervilhava ao pé da cachoeira, foi parar na plataforma de pedra cuja superfície despontava a pouca distância.

— Estamos ao pé do Glenn! — anunciou Hókai, gritando para fazer-se ouvir em meio ao estrondo da cachoeira. — Só nos resta desembarcar com cuidado para não virar a canoa. Subam no rochedo e tenham paciência, que vou buscar os dois Moicanos.

Os passageiros obedeceram com docilidade e o barco embrenhou-se de novo na escuridão com a rapidez de uma flecha. Sem o guia, não ousavam caminhar no rochedo, com medo que um passo em falso os projetasse numa daquelas profundas cavernas onde as águas eram tragadas com estrondo. A espera, entretanto, não foi longa: o caçador, ajudado pelos dois Moicanos, surgiu logo outra vez, trazendo a canoa; todos os três saltaram para o alto do rochedo, arrastando atrás o gamo que Uncas matara.

— Agora estamos num forte com boa guarnição e munidos de provisões! — exclamou Heyward, tranquilo. — Podemos até desafiar Montcalm e seus amigos...

— É exato que daqui se pode sustentar nutrido fogo — reconheceu Hókai. — No entanto, devemos desconfiar: os cavalos tremeram quando passei por eles há pouco, como se tivessem pressentido algum lobo. E o lobo é uma fera que ronda sempre na cauda de uma tropa de índios, na esperança de pegar os restos. Mais uma razão para destrincharmos esse gamo, cujos restos atiraremos ao rio, sem o que, bem poderemos ouvir em breve uma matilha juntar-se nos rochedos. Embora a língua dos Delawares seja um livro fechado para os Iroquois, esses espertos patifes têm instinto suficiente para compreender o que faz um lobo uivar.

Com essa lenga-lenga foi o caçador preparando o que lhe era necessário para destrinchar o animal. Em seguida, deixou os viajantes, afastando-se acompanhado pelos dois Moicanos, que pareciam ler em seu olhar todas as suas intenções.

E os três sumiram misteriosamente, cada um por sua vez, atrás de um rochedo que se elevava a algumas toesas[15] da margem do rio.

---

15 Unidade de medida que equivale, em metros, a 1,949. (N. do R.)

3
NA CAVERNA DO GLENN

Não foi sem uma secreta inquietude que Heyward e David La Gamme viram o homem branco afastar-se. Muito embora sua conduta não fosse até então motivo algum de suspeita, seu equipamento grosseiro, sua maneira brusca e o silêncio de seus dois companheiros só podiam provocar desconfiança, depois da traição do guia índio.

Ouviu-se logo um murmúrio surdo como se alguém falasse das entranhas da terra; em seguida, junto deles, bruxuleou uma luz que, pouco a pouco, foi revelando a cena de seu estranho retiro. À boca de uma profunda caverna cavada no penhasco, cuja fundura parecia aumentada pelo bruxuleio da chama, surgiu o caçador, segurando na mão um galho grosso de pinho em chamas. Essa luz viva que lhe caía em cheio no rosto abaçanado e nas roupas características, emprestava algo de estranho à sua fisionomia.

Junto dele, em plena luz, estava Uncas. Os viajantes consideraram com interesse o porte ereto e ágil do jovem Moicano, cujas atitudes e movimentos denotavam uma graça toda natural. Era a primeira vez que Duncan Heyward e suas amigas desfrutavam do lazer de considerar os traços de um dos dois índios que haviam encontrado tão a propósito, e sentiram-se aliviados de sua inquietude vendo a expressão sincera e franca do índio.

— Acho que dormirei tranquila sob a guarda de uma sentinela assim — disse Alice. — Que acha você, Duncan?

— O jovem Moicano não desapontará nossa expectativa — respondeu o major. — Será para nós tudo o que seu aspecto deixa entrever: um amigo valente e fiel.

A voz do caçador interrompeu-os, gritando para que entrassem na caverna.

— O fogo está ficando muito vivo — disse-lhes — e a claridade poderia atrair os Mingos até nossas pegadas. Abaixe a tocha, Uncas, para que os patifes só vejam a escuridão. Vamos fazer uma refeição frugal, mas saborosa, e o fogo pode nos dar excelente assado. Ali há uns ramos de sassafrás[16] onde as moças podem sentar-se confortavelmente.

Uncas fez o que lhe mandara fazer o caçador, e quando este parou de falar, ouviu-se o rumor da cachoeira que mais parecia uma longínqua trovoada.

— Estamos seguros nesta caverna? — indagou Heyward. — Sem nenhum perigo de uma surpresa?

Da escuridão surgiu uma enorme silhueta, parecida com um fantasma. Avançando por detrás do caçador, pegou no fogo uma acha em chamas e suspendeu-a no ar para alumiar o fundo da toca. Era Chingaguk. O índio, com outra tocha, fê-los ver que a caverna tinha outra saída, dando para uma outra caverna muito semelhante.

— Não se apanham duas velhas raposas como eu e Chingaguk num covil de uma só entrada — disse rindo o caçador. — Agora podem ver se o lugar é bom. Outrora, a cachoeira caía a alguns passos deste lugar, mas os penhascos são cheios de fendas e, em certos sítios, a pedra é mais mole do que em outros, de modo que a correnteza que aí penetrava formou os buracos abrindo novos caminhos, e se dividiu em duas quedas que não guardaram nem forma, nem regularidade. Estamos, por assim dizer, numa ilha.

Logo que a ceia ficou pronta, os viajantes prestaram-lhe as devidas honras. Uncas encarregou-se de prover a todas as vontades das duas moças, com um misto de graça e dignidade que muito divertiu a Heyward, que não ignorava ser uma infração aos costumes dos guerreiros índios humilharem-se a qualquer trabalho doméstico. O jovem cacique não se mostrava completamente imparcial ao servir as duas irmãs. Verdade que, com toda a educação, apresentava a Alice a

---

16 *Sassafras albidum*, árvore nativa da América do Norte. (N. do R.)

cabaça cheia de água pura e o prato de madeira com postas de veado. Mas, com particular insistência, seus olhos fixavam-se toda hora no belo rosto de Cora.

Chingaguk, impassível; como estava sentado num lugar mais perto da luz, os convivas podiam distinguir melhor sua expressão natural sob as cores esquisitas de sua tatuagem. Acharam uma extraordinária semelhança entre pai e filho.

Por outro lado, o olhar ativo e vigilante do caçador não descansava. Comia e bebia com um apetite que o medo do perigo não podia nunca perturbar, mas jamais desmentia-se seu aspecto prudente. Vinte vezes a cabaça ou a posta de carne ficaram suspensas em seus lábios enquanto inclinava a cabeça para o lado, a fim de escutar se algum som estranho se misturava ao ruído da cachoeira.

Ao fim do repasto, dirigiu-se em língua delaware aos dois índios: Uncas saiu da caverna pela porta secreta e ficou algum tempo ausente.

— Então — perguntou-lhe o caçador quando ele voltou —, viu alguma coisa? A luz do archote denuncia o nosso abrigo?

— Fora ver nada — respondeu Uncas com seu inglês gutural. — Clarão poder mostrar nada.

— Vocês, vão para a outra caverna e procurem conciliar o sono — disse Hókai aos viajantes —, pois temos de acordar antes do Sol nascer e chegar ao forte William-Henry quando os Mingos ainda estiverem de olhos fechados.

Heyward pegou uma tocha de pinheiro, cruzou o corredor e adiantou-se a Alice e Cora na segunda caverna.

— Não vá ainda, Duncan — disse, suplicando a mais velha —, é impossível pensarmos em dormir neste lugar.

— Primeiro vamos ver se estão seguras nesta fortaleza.

Foi até o fundo da caverna, onde encontrou uma saída igual à primeira, também coberta por um abrigo que ele removeu. Respirou o ar fresco que vinha do rio. A corrente deslizava com rapidez pelo leito estreito e profundo, cavado na rocha, para em seguida refluir, agitando-se com violência; escumava e turbilhonava, precipitando-se depois num abismo em forma de cachoeira.

— A natureza fez neste lado uma barreira intransponível — disse repondo o abrigo. — Como estão guardadas por bravos e fiéis sentinelas, não vejo razão para deixarmos de seguir o conselho do caçador. Além disso, vocês precisam mesmo dormir.

— Certamente — respondeu Cora —, mas outros cuidados manterão nossa vigília. Poderemos esquecer a aflição de nosso pai quando pensa em nós?

— Seu pai é um soldado, Cora: sabe muito bem que é possível perder-se no bosque.

— Erramos em querer ficar junto dele num momento desses — disse Alice.

— E eu, talvez, errei em insistir tanto para obter seu consentimento — ajuntou Cora. — Mas é que quis provar a ele que, se outros o desprezavam, suas filhas pelo menos lhe eram fiéis.

— Ao saber que vocês haviam chegado ao forte Edward, o coronel Munroe achou-se preso de medo e amor paterno — disse o major.

De repente, Duncan calou-se: um grito horrível ecoara ao longe. Os três se entreolharam inquietos. O abrigo que tampava a primeira entrada levantou-se, e então surgiu o caçador no limiar da caverna com ar alarmado.

— As jovens podem ficar onde estão, mas os Moicanos e eu vamos montar guarda no rochedo. Suponho que o major também deseje fazer-nos companhia. Não podemos explicar o grito que acabamos de ouvir; assim, vale mais a pena ficarmos alertas.

— Isso é realmente extraordinário! — exclamou Heyward, tomando as pistolas que deixara num canto da caverna. — Mostre-me o caminho, amigo, que o acompanho.

Com cuidado e atenção, saíram. Nada mudara na solidão que os rodeava, avivada apenas pelo ronronar monótono da catarata. A Lua nascera e banhava com seu clarão os bosques e as águas, tornando a escuridão do esconderijo ainda mais profunda.

— Tudo em paz — constatou Heyward. — Era com certeza o grito de algum animal selvagem...

Nesse instante, o mesmo grito fez-se ouvir de novo e parecia vir do seio das águas no meio do rio, espalhando-se ao redor do bosque, multiplicando-se pelo eco das gargantas.

— Ouçam! — murmurou Hókai com um tremor. — É o grito de um cavalo em agonia — sussurrou o major. — Não havia reconhecido lá de dentro da caverna, mas aqui fora tenho certeza de que não me enganei.

Os dois índios, que insinuaram-se junto deles, aprovaram a explicação.

— É possível que haja uma alcateia de lobos no rochedo, avançando nas cabeças dos cavalos — reconheceu o caçador após uma reflexão.

Como para confirmar seus dizeres, um concerto de uivos partiu da margem do rio, perdendo-se pouco a pouco à distância.

— Ser lobos que ir embora — disse Uncas em voz baixa. — Ir porque ter medo, outros lobos ir tomar lugar deles...

Heyward e Hókai entenderam a ameaça.

— Vamos nos esconder na sombra do rochedo, que é mais espessa do que a dos pinheiros — disse o caçador. — E que cada um vigie seu lado!

Os dois Moicanos foram postar-se a pouca distância um do outro, de maneira a terem sob a vista as duas margens. Heyward foi até a caverna buscar umas braçadas de sassafrás, estendendo-as no estreito corredor que separava as grutas, e ali mandou que as moças se sentassem para ficarem ao abrigo de balas ou flechas. David La Gamme, imitando os dois selvagens, estendeu as longas pernas numa fenda do rochedo.

As horas escoaram sem mais alarme. A Lua atingira o zênite[17] e seu suave clarão caía em cheio em Alice e Cora, que adormeceram nos braços uma da outra. O próprio Heyward acabou por entregar-se ao sono, embalado ao ronco sonoro do professor de canto. Hókai e os Moicanos não relaxaram a vigília um minuto sequer. Seus olhos perscrutavam sem cessar a linha traçada pelas árvores, que guarneciam as margens do rio e formavam as orlas da floresta. Não deixavam escapar palavra, impondo-se absoluta imobilidade. Por fim, a Lua mergulhou no horizonte, e um pálido clarão surgiu por sobre a copa das árvores, anunciando a aurora que já não tardaria a nascer. O caçador levantou-se, e, rastejando ao longo do rochedo, foi até o major, batendo-lhe no ombro.

— É tempo de seguir caminho — disse-lhe. — Vá acordar as moças e estejam todos prontos para entrar na canoa assim que eu der o sinal. Tudo ainda está bem calmo, mas convém agir no maior silêncio.

O major pôs-se de pé num piscar de olhos, e levantou levemente a estola que cobria as irmãs.

— Alice! Cora! Acordem! — murmurou ele. — Está na hora de partir.

Na mesma hora, uivos formidáveis ecoaram no bosque, enquanto uma dúzia de detonações espocaram na margem oposta. David La Gamme, que acabava de levantar-se com dificuldade, tombou ferido no mesmo lugar onde roncara tão profundamente. Os dois Moicanos responderam descarregando as armas com gritos de triunfo. Depois, o tiroteio cessou, mas os assaltantes não ousaram mostrar-se a descoberto.

O major aproveitou a trégua para arrastar o infeliz David até a estreita fenda que abrigava as duas irmãs. Um minuto depois, todo o pequeno grupo se reunia no mesmo lugar.

— O pobre diabo poupou sua cabeleira — disse o caçador. — E está apenas ferido. Uncas, leve-o para a caverna e estenda-o no sassafrás. Quanto mais tempo ficar nesse estado, melhor será; duvido que

---

17 Apogeu; ponto mais elevado. (N. do R.)

possa achar nesses rochedos algo para abrigar suas longas pernas, e os Iroquois não se contentarão só com seus cantos!

— Acha então o senhor que voltarão à carga? — perguntou o major.

— É hábito deles retirarem-se quando não conseguem surpreender o inimigo e não causam baixas. Mas em breve veremos que voltarão. Nossa única chance está em ficarmos neste rochedo até que o coronel Munroe nos socorra. E queira Deus que o seja logo!

Heyward levou as duas moças para a segunda caverna, onde David começava a dar sinal de vida; saiu depois, esforçando-se para tranquilizá-las.

Os sitiados organizaram-se. Chingaguk e Uncas agacharam-se entre as fendas dos rochedos que protegiam as margens da cachoeira. Alguns pinheiros mirrados enraizaram-se no meio da ilhota, formando ali uma pequena moita onde postaram-se o caçador e Heyward. Atrás deles, em pleno riacho, elevava-se um rochedo de forma arredondada, dividindo a correnteza. O dia vinha nascendo, e já distinguia-se o contorno das margens. Hókai deu com o cotovelo no major e disse-lhe:

— Olhe lá embaixo, no rio, perto da primeira queda. Quero cair morto se os patifes não tiverem a audácia de passar por ali. Vão surgir na ponta da ilha.

Heyward levantou a cabeça com cuidado: alguns assaltantes haviam-se atirado à correnteza, e procuravam ganhar o promontório que separava as duas formidáveis quedas d'água. Quatro deles mostraram as cabeças por sobre um tronco de árvore que a torrente arrastava. O quinto, ocupado mais ao longe, não pôde resistir à correnteza e fazia baldados esforços para chegar à margem: o turbilhão ergueu-o com violência, e ele sumiu no abismo com um berro de desespero.

— Troque as escorvas das pistolas, que já estão molhadas — disse o caçador para Heyward —, e prepare-se para um corpo a corpo assim que eu der um tiro de carabina.

A um assobio prolongado que deu, responderam do outro lado do rochedo onde se achavam os dois Moicanos. Rastejando, Uncas achegou-se perto deles, Hókai lhe disse algumas palavras em delaware, e o jovem ocupou a posição que lhe foi indicada.

— Atenção! Ei-los que surgem! — anunciou o caçador.

Os quatro selvagens puseram pé na ilha, encorajados pelos urros que vinham ao mesmo tempo dos bosques vizinhos. Heyward morria de vontade de saltar-lhes ao encontro, mas moderou sua impaciência vendo a calma inquebrantável dos companheiros. A carabina do caçador ergueu-se lentamente por entre os galhos, e o tiro partiu: o índio que vinha à frente precipitou-se do alto do rochedo.

— Sua vez agora, Uncas! Ataque o patife que está mais longe, e nós nos encarregaremos dos outros.

O Moicano precipitou-se, obedecendo. Heyward dera ao caçador uma de suas pistolas; fizeram fogo juntos logo que o inimigo ficou à mão, mas um não teve mais êxito que o outro. Isso obrigou-os a enfrentá-lo o corpo a corpo. Hókai viu-se frente a frente com um selvagem de porte agigantado e esquivou-se dele de um salto, conseguindo enterrar sua faca no coração do adversário.

Entrementes, Heyward sustentava uma luta mais perigosa. Ao primeiro choque, sua espada partiu-se com um golpe do adversário. Como não trazia nenhuma outra arma de defesa, somente podia contar com seu vigor e agilidade. Felizmente, conseguiu desarmá-lo, jogando sua faca no chão; rolaram por terra os dois, cada qual procurando atirar o outro no abismo. Não os separavam mais do que dois passos do precipício, no qual as águas do rio se engolfavam. Heyward tinha a garganta apertada pela mão do selvagem e via nos lábios deste um sorriso feroz. Nesse momento de enorme perigo, viu surgir de repente à sua frente um braço vermelho que brandia a lâmina brilhante de uma faca. O índio relaxou o aperto e balançou sobre o abismo, enquanto o braço providencial de Uncas atirava Heyward para trás.

— Em retirada! — bradou o caçador. — Salvemos a pele!

4
PRISIONEIRO DOS HURONS

Os três vencedores desceram e voltaram a abrigar-se na fenda do rochedo. Uivos de rancor elevavam-se ao longo de toda a orla da floresta e tiros de fuzil sucediam-se numa impressionante rapidez. Chingaguk ficara em seu posto durante todo o combate, e mantinha contra os selvagens um fogo que lhes dava respeito sem, no entanto, causar-lhes grandes danos. Hókai moderou seu entusiasmo:

— Que queimem toda a pólvora! — disse rindo. — Quando acabarem, teremos muito chumbo para catar.

O major acercara-se de Uncas, apertando-lhe a mão com efusão.

— A vida é um favor que amigos sempre se devem na selva — comentou o caçador num tom calmo de voz. — Ouso dizer que eu mesmo já fiz favores desse gênero a Uncas, e lembro-me que ele se pôs entre mim e a morte umas cinco vezes. Uncas, amigo, corra até a canoa e traga de lá a cornicha[18] grande de pólvora; é tudo o que nos resta, e vamos precisar dela até o último grão.

— Ser muito tarde — gritou o jovem Moicano com a mão estendida.

A pouca distância do rochedo, viu-se a canoa partir à deriva, arrastada por um nadador que se escondera atrás dela. Gritos de alegria partiram das margens, saudando a façanha. Com o ruído, Alice e Cora saíram da caverna acompanhadas de David, que já recobrara os sentidos. Os infelizes sitiados, impotentes e desesperados, acompanharam a frágil embarcação que se afastava: era o único meio que tinham para fugir dos selvagens.

— Que vai ser de nós! — soluçou Alice.

---

18 Utensílio utilizado para armazenamento, normalmente feito da ponta do chifre de boi. (N. do R.)

Resignado, o caçador deu de ombros.

— Mas nem tudo está perdido — disse Heyward. — Podemos defender-nos dentro das cavernas e opor-nos ao desembarque deles.

— Com quê? — perguntou Hókai num tom calmo de voz. — Com as flechas de Uncas? Com as lágrimas dessas moças?

— A qualquer momento pode chegar socorro — contestou o major. — Por outro lado, diria que o inimigo bateu em retirada...

Era fato: o silêncio caiu de súbito nas duas margens que agora pareciam desertas.

— Pode ser que se passe uma hora, ou mesmo duas, antes que as malditas serpentes voltem — respondeu o caçador. — Como também é possível que já estejam ao alcance de ouvir-nos. Mas, que voltam, isso voltam, certamente, e de modo a não nos darem nenhuma esperança. É melhor prepararmo-nos logo para morrer.

— Mas... morrer... por quê? — espantou-se Cora, avançando. — Vejam: o caminho está livre. Podem atravessar o rio a nado? Muito bem, então fujam; fujam pelo bosque enquanto o inimigo ainda está disperso. Andem!

— Vocês não conhecem nem os Iroquois nem os Hurons se pensam que eles não estão vigiando todos os atalhos desta floresta! — retrucou Hókai. — Além disso, que resposta iríamos dar ao coronel Munroe quando nos perguntasse onde havíamos deixado suas filhas e por que as abandonamos?

— Vão ao encontro dele e digam para mandar-nos socorro imediato — disse Cora, com generoso entusiasmo. — Digam que os Hurons nos empurram para as selvas do norte mas que, com diligência, ainda poderá nos salvar.

O caçador ouvia com atenção; apoiara o queixo na mão e ficou em silêncio como um homem que pesa minuciosamente sua decisão.

— Há razão em tudo isso — disse por fim. — Chingaguk, Uncas, ouviram o que acaba de dizer a moça de olhos negros?

Falou com eles durante algum tempo em Delaware. Chingaguk, com a seriedade habitual, ouviu-o e, depois de hesitar um instante, fez um gesto de aprovação. O índio, na beira do rochedo, mantinha-se em silêncio. Dali, mostrando o bosque que cobria a margem, disse algumas palavras em sua língua, como que indicando o caminho que ia tomar; atirou-se dentro d'água, venceu a correnteza com algumas braçadas e desapareceu rapidamente das vistas dos circunstantes.

O caçador retardou um momento sua partida para agradecer à bondosa Cora pelo voluntário abandono a que se entregava.

— A sabedoria, às vezes, é dada aos jovens da mesma maneira que aos velhos — disse-lhe. — O que a moça disse é sábio. Agora, caso os empurrem para o interior do bosque, quebrem à passagem o maior número possível de galhos. Se o olho de algum homem puder vê-los, podem estar certos de que um amigo os seguirá até o fim do mundo antes de abandoná-los.

Apertou com efusão a mão de Cora, escondeu sua carabina numa moita e desceu até o lugar onde estivera Chingaguk, onde ficou por um momento, hesitando no que ia fazer. Em seguida, olhando em torno com ar de desprezo, gritou:

— Se me restasse ainda uma cornicha de pólvora, jamais passaria por tal vexame!

E mergulhou no rio, desaparecendo em poucos instantes como fizera o Moicano.

Todos os olhares voltaram-se então na direção de Uncas, que ficara apoiado ao rochedo em total imobilidade. Após curto silêncio, Cora disse mostrando-lhe o rio:

— Já não mais se veem seus amigos; por que você não os segue também? Provavelmente agora estão a salvo.

— Uncas ficar aqui — respondeu o jovem índio, calmamente em mau inglês.

— Para aumentar o horror de nosso cativeiro e diminuir as possibilidades de nossa salvação! — exclamou Cora, baixando os olhos ao encontrar o olhar ardente do Moicano, e quem sabe com intuitiva certeza de seu poder. — Vá ao meu pai como lhe disse, e seja o mais confidencial dos meus mensageiros. Diga-lhe que confie em você com os meios de comprar a liberdade de suas filhas. Vá! Essa é a minha vontade, minha prece. Parta!

Uncas não hesitou mais. Em três pulos ganhou o rochedo e atirou-se dentro d'água. Logo depois, viram sua cabeça emergir no meio da correnteza para sumir ao longe.

Cora virou-se para o major e disse com voz trêmula:

— Ouvi elogiarem em sua habilidade em nadar, Duncan. Assim, não perca mais tempo: siga seus amigos. É preciso!

— Isso é o que Cora Munroe espera daquele que está encarregado de protegê-la? — indagou Heyward com ar sombrio.

— Não é hora de nos ocuparmos com sutilezas — disse a moça com veemência. — Salve sua vida para salvar as nossas.

O major nada respondeu, mas lançou um olhar penalizado para Alice, que apoiava-se nele.

— Pense bem — prosseguiu Cora. — A morte é o pior que nos poderá advir, e é um tributo que toda criatura tem de pagar no momento em que praz a Deus exigi-lo.

— Há males ainda piores do que a morte — respondeu Heyward —, e são justamente esses que desejo poupar-lhes ficando aqui perto.

Cora nada respondeu. Cobriu o rosto com o chale e, travando braço de Alice, entraram ambas na segunda caverna. Duncan foi à beira do rochedo em busca de um indício que lhe dissesse do fracasso ou êxito da tentativa dos amigos. Nada se movia. A floresta parecia de novo deserta.

— Não se vê sinal dos Hurons — disse, aproximando-se de David, que sentara-se no chão, recostado ao rochedo. — Vamos refugiar-nos dentro da caverna e confiar na providência divina.

Seu primeiro cuidado foi o de tapar a entrada da caverna com um monte de sassafrás, escondendo-a do exterior. Atrás desse frágil contraforte, estendeu as cobertas dos índios para torná-lo mais opaco. Somente através da segunda saída, bastante estreita, é que filtrava um pouco da luz do dia.

— Não aprecio esse fatalismo que obriga os índios a cederem sem nenhuma luta, quando o caso é de desespero — disse acabando de construir a fortificação. — Nossa moral é mais nobre e mais consoladora. A você, Cora, não vejo nenhuma necessidade de dirigir uma palavra de exortação; mas não poderíamos encontrar um meio de tranquilizar sua jovem irmã?

— Não sinto medo nenhum — disse Alice, esforçando-se a aparentar alguma indiferença. — Devemos ter alguma segurança neste antro perdido, não? Quem iria nos achar aqui?

Heyward sentou-se no centro da caverna, segurando fortemente na mão a pistola que lhe restava. E, à meia voz, murmurou:

— Os Hurons... se vierem, não tão facilmente, como pensam, penetrarão aqui neste lugar!

O ar fresco da manhã invadiu o recinto e sua influência foi, aos poucos, fazendo-se sentir no ânimo dos prisioneiros. À medida que os minutos se escoavam, deixando-lhes uma segurança imperturbável, insinuava-se neles gradualmente um sentimento de esperança, apoderando-se de cada coração, muito embora cada qual se sentisse relutante em dar vazão a alguma esperança que podia, no momento seguinte, ser temerosamente destroçada. Apenas David era uma exceção a essas variadas emoções. Um raio de luz vindo da entrada iluminou-lhe o rosto lívido, indo cair sobre as páginas do pequeno livro que se ocupava de novo em manusear, como se em busca de alguma canção mais apropriada à condição em que se achava, mais do que qualquer outra que um dia já lhe tivesse passado pela vista. Agia muito provavelmente todo esse tempo numa confusa recordação da prometida consolação de Duncan. Por fim, ao parecer, sua paciente ocupação encontrou um prêmio, pois sem nenhuma explicação ou desculpa, pronunciou em voz alta as palavras: "Ilha de Wight". Com a clarineta, produziu um som suave e prolongado, percorrendo, em seguida, as modulações preliminares da ária cujo nome mencionara há pouco, com os tons mais suaves de sua voz musical.

— Não há nenhum perigo, major? — indagou Cora.

— Pobre diabo! — respondeu Heyward. — Sua voz está muito fraca para que alguém possa ouvi-la em meio ao barulho da cachoeira. Deixemo-lo, pois, consolar-se à sua maneira...

Os melodiosos acordes ecoavam nas paredes da caverna quando um grito lancinante rasgou o silêncio que dominava a margem.

— Estamos perdidas! — exclamou Alice, atirando-se nos braços de Cora.

— Ainda não! Calma! — disse Heyward. — Enquanto não formos vistos ainda resta esperança.

Seguiram-se novos gritos. Um grande ruído de vozes ressoou na ponta da pequena ilha, aproximando-se poucos do esconderijo. Depois, ouviram-se homens falando nas vizinhanças da fenda que separava as duas cavernas. Em meio ao vozerio, explodiu uma alegre exclamação bem junto da entrada coberta de sassafrás. Os selvagens reuniam-se no mesmo lugar onde o caçador escondera a carabina.

Como misturavam expressões francesas ao seu dialeto, Heyward compreendia, só em parte, o que estavam dizendo os Hurons. Diversas vozes exclamavam ao mesmo tempo: *"la longue carabine!"*[19] e o eco repetia esse nome, que era o de um célebre caçador que outrora servira de estafeta dos ingleses. Assim é que o Major acabara sabendo quem era o homem que, tão generosamente, oferecera seus préstimos.

Após bulhento conciliábulo, frequentemente interrompido por altas gargalhadas, separaram-se os Hurons correndo por toda parte,

---
19 O longa-carabina. (N. do R.)

em busca, sem dúvida, do cadáver do inimigo em alguma fenda de rochedo.

— É o momento mais perigoso — disse Heyward às duas irmãs, que tremiam de medo. — Se a gruta escapar à busca, estaremos salvos. Em todo o caso, fiquemos tranquilos; pelo que acabam de dizer, nossos amigos ainda não lhes caíram nas mãos. Podemos esperar que daqui umas duas horas o General Webb ou o Coronel Munroe nos enviem socorro.

Nesse momento, altos gritos vieram da caverna, indicando que os Hurons por fim a tinham descoberto e nela penetravam. O major atirou-se na direção da frágil barreira que ainda o separava do inimigo e olhou por entre os galhos. Ao alcance de sua mão, estava um índio de porte colossal que dava ordens. Os Hurons perscrutavam todos os recantos com o mais escrupuloso cuidado. Puseram-se a espalhar os ramos de sassafrás que haviam servido de cama aos sitiados, atirando-os maquinalmente no monte que o major construira na outra saída; desse modo, sem que o percebessem, ajudavam a segurança dos que haviam se refugiado na outra caverna. Duncan, tranquilizado por esse lado, voltou ao centro da caverna e foi postar-se na saída que dava ao rio. Os índios suspenderam a busca e saíram da caverna, reunindo-se aos prantos em volta dos cadáveres dos companheiros mortos no primeiro ataque à ilha.

Duncan respirou aliviado. Arriscou então um olhar às duas companheiras, pois nos mais críticos momentos de perigo ficara apreensivo com receio de que seu rosto pudesse acrescentar mais algum alarme àquelas que já eram tão frágeis para suportá-los.

— Já se foram, Cora — murmurou. — Alice, eles voltaram para o lugar de onde vieram e assim estamos salvos!

— Graças a Deus, que nos salvou das garras de um inimigo tão impiedoso. Louvemo-Lo!

Alice ergueu a cabeça para sorrir, mas um palor mortal invadiu de repente seu rosto. Ergueu a mão trêmula para mostrar a saída que dava para o rio. Heyward virou-se bruscamente: na margem oposta, um homem de cara feroz estava de pé bem defronte da gruta, olhando fixamente através da entrada. O major, aterrorizado, reconheceu Magua, o "Raposa-Astuta", o guia índio que, propositalmente, os fizera perderem-se na floresta. Instintivamente sacou da pistola e disparou em sua direção.

Magua deu um salto para pôr-se ao abrigo de um rochedo, e soltou um prolongado grito ao qual seguiu-se um uivo geral. Arrancando a frágil barreira de sassafrás, os selvagens precipitaram-se gruta adentro, agarrando com brutalidade os quatro sitiados para levá-los para fora no meio de toda a malta de Hurons triunfantes.

Heyward fingiu não entender as perguntas que faziam e voltou-se para Magua, que esperava à parte, com ar tranquilo e satisfeito, como se houvesse logrado tudo o que desejara ganhar com a traição.

— Raposa-Astuta é um guerreiro muito valente, e não recusará explicar o que querem seus irmãos. Irmãos meus perguntar por caçador que conhecer todos atalhos no bosque — respondeu Magua, com um sorriso feroz e pondo a mão no curativo que protegia a ferida em seu ombro. — Carabina ser boa, olho nunca fechar, mas com pistola cara-pálida nada pode contra Raposa-Astuta.

— Raposa é muito valente para ficar pensando num ferimento que ganhou na guerra e reprovar a mão que o fez — disse Heyward.

— Nós não estar guerra quando índio cansado sentar pé do carvalho para comer trigo, não? Quem ser então que encher floresta toda inimigo emboscado? — Magua retrucou.

Não ousando reprovar a traição que o próprio índio premeditara, Heyward ficou em silêncio. Magua, por sua vez, retomou sua atitude de indiferença. No entanto, os brados de impaciência redobraram assim que os selvagens perceberam que a conferência terminara.

— Cara-pálida estar ouvindo? Hurons reclamar sangue Longa-Carabina.

— Longa-Carabina foi embora e já está bem longe do alcance dos Hurons — respondeu o major.

— Cara-pálida quando morrer pensar ficar em paz; pele-vermelha saber atormentar espírito mesmo inimigo. Onde estar corpo dele? Mostrar sua cabeça aos Hurons.

— Longa-carabina não está morto; fugiu.

— E chefe cara-pálida não imitar ele por quê? Por que ficar aqui? Por que ser pedra que afundar, ou cabeleira queimar sua cabeça?

— O chefe branco acha que só o covarde abandona as mulheres — respondeu Heyward com desdém.

— E Delawares saber nadar tão bem como saber deslizar nas moitas? Onde estar o Cobra-grande? Onde estar Uncas?

— Tal como o Longa-carabina, também salvaram-se na correnteza.

Magua aceitou o fato sem discutir, mostrando, desse modo, que dava pouca importância à captura dos três fugitivos; os companheiros, porém, não tinham a mesma indiferença. Uns corriam como possessos agitando os braços no ar; outros cuspiam dentro do rio como que para punir a água por haver favorecido a fuga do inimigo, privando os vingadores de seus legítimos direitos. Alguns, ainda, lançavam olhares sombrios aos prisioneiros, esboçando gestos ameaçadores. Um deles chegou mesmo a agarrar com a mão os belos cabelos que caíam em volta do pescoço de Alice, fazendo com a faca um simulacro[20] de escalpelá-la.

O jovem não pôde suportar esse horrível espetáculo e fez um desesperado esforço para saltar em socorro dela. Mas suas mãos estavam atadas e os que o seguravam deram-lhe socos na cara. O temor acalmou-lhe um pouco quando viu que o cacique reunia seus guerreiros para uma espécie de "conselho de guerra". A deliberação foi breve: os gestos inquietos apontaram na direção do acampamento de Webb, como se temessem um ataque por esse lado. Foi essa consideração que apressou provavelmente os preparativos da partida.

---

20 Simulação. (N. do R.)

Transportaram por terra a canoa, de uma ponta a outra da ilha, e lançaram-se na água junto da plataforma para onde o caçador levara os companheiros. Sem nenhuma consideração, Heyward, David e as duas moças foram embarcados. Um piloto tomou lugar na proa e os demais seguiram a nado. O frágil bote desceu sem acidentes pela correnteza e, ao cabo de alguns minutos, os prisioneiros aportavam na margem sul do rio. Aí, os índios tiveram novo conciliábulo, enquanto dois deles iam buscar os cavalos roubados à noite. O grupo então dividiu-se: o cacique, acompanhado da maior parte de seus homens, montou no cavalo do major, transpôs o rio e sumiu no bosque, deixando os prisioneiros sob a guarda de seis selvagens à testa dos quais se achava o Raposa-Astuta. Esse inesperado movimento renovou as inquietudes de Heyward.

Pela moderação pouco comum desses selvagens, acabara ele por persuadir-se de que eram mantidos cativos para serem entregues a Montcalm, o que para eles constituiria a melhor sorte. Mas esse cálculo era desmentido pela conduta dos Hurons: o cacique e seus homens dirigiram-se abertamente para os confins do Horican, e os demais, sem dúvida, os levariam para plena selva.

Vencendo sua repugnância, o major levou para um canto o pérfido Raposa, e tentou dobrá-lo ao peso de múltiplas recompensas em troca da liberdade. O índio cortou-lhe a palavra com um gesto brusco:

— Basta. Raposa-Astuta ser cacique sábio. Ver que ir fazer ele. Ir e ficar boca sempre fechada. Quando Magua falar, então ser tempo responder.

Aproximou-se dos animais, mostrando-se satisfeito com o cuidado que seus companheiros tiveram ao arreá-los, e então fez um sinal para que o major ajudasse as moças a montarem. Duncan esforçou-se por acalmar seus temores, compartilhando-lhes em voz baixa suas novas esperanças. Alice e Cora, trêmulas, precisavam grandemente de consolo, e não ousavam levantar os olhos com receio de encontrar os olhares furibundos dos algozes.

Quando tudo ficou pronto, Magua deu o sinal de partida e, retomando suas funções de guia, pôs-se pessoalmente à testa da coluna. O major e David La Gamme seguiam-no a pé, precedendo as duas irmãs que cavalgavam lado a lado. Os índios cerravam fila sem relaxar um só instante a vigilância. Afundaram-se bosque adentro, em direção quase oposta à estrada que levava ao forte William-Henry. Tal circunstância podia fazer crer que Magua não havia mudado em nada seus primeiros desígnios. Mas sabia Heyward que mesmo o trilho mais complicado leva ao seu fim um índio astuto.

Ao cabo de algumas horas, após atravessar um vale por onde serpenteava um belo regato, pôs-se a subir uma pequena colina, tão escarpada que as moças tiveram de apear dos cavalos para poderem acompanhá-lo. Ao chegarem ao topo, acharam-se numa plataforma cheia de árvores.

Magua já estava deitado à sombra de uma delas. Com um gesto, permitiu que descansassem.

5
UMA FAÇANHA DO LONGA-CARABINA

Malgrado a rapidez da marcha, um dos índios teve a oportunidade de matar um veadinho com a flecha, levando-o nas costas até fazerem alto. Os companheiros, escolhendo os pedaços mais macios, puseram-se a comer a carne crua, sem quaisquer petrechos culinários. Só Magua não participou desse repugnante repasto. Ficou sentado à parte e parecia mergulhado em profunda meditação.

Essa abstinência atraiu a atenção do major: julgou que ele deliberava sobre algum modo de iludir a vigilância dos companheiros para favorecer a fuga dos prisioneiros. Nisso, estava muito enganado, conforme se vai ver. Com efeito, uma vez saciados de maneira tão repugnante, reuniu Magua os índios a um canto e falou-lhes longamente em voz baixa, mostrando-lhes com olhares e gestos as duas moças, que morriam de medo. Na mesma hora, um grupo pôs-se a emitir gritos de raiva, e os mais furiosos correram para os prisioneiros brandindo facas e *tomakawks*. Heyward atirou-se à frente das amigas e, se bem que desarmado, ainda assim conseguiu rechaçar o primeiro selvagem com um violento soco. Os outros já hesitavam, mas o Raposa-Astuta exortou-os de novo em seu dialeto, incitando-os a não darem às vítimas morte tão rápida, porém a prolongarem sua agonia. Tal proposta foi acolhida com aclamações de feroz alegria, e logo posta em execução.

Dois robustos guerreiros precipitaram-se ao mesmo tempo sobre Heyward, enquanto um outro atacava o professor de canto, que parecia um adversário menos perigoso. No entanto, nem um, nem outro cedeu sem opor vigorosa resistência. Mesmo David, derrubou o selvagem que o atacou, e quanto ao major, só reunindo todas as forças é que conseguiram dominá-lo, amarrando-o com cipós ao tronco de um pinheiro.

Duncan, que desfalecera, abrira os olhos para ver as companheiras. À sua direita, Cora estava também como ele amarrada a uma árvore, pálida e agitada, mas de olhos vivos, não perdendo o movimento dos selvagens. Alice, à esquerda, também estava atada a outro pinheiro, parecendo mais morta do que viva: tinha a cabeça caída ao peito, e suas pernas trêmulas só se mantinham graças aos laços que as prendiam. Olhava para Duncan com uma espécie de alucinação infantil. David, também amarrado, mantinha-se em profundo silêncio, e parecia pensar em tudo aquilo sem nenhuma emoção.

Entretanto, a sede de vingança dos Hurons não se aplacava e preparavam-se para satisfazê-la com requintes de cava[21] crueldade. Uns cortavam galhos para fazer uma fogueira em volta das vítimas; outros aparavam pequenas fasquias[22] para lhes enfiar na carne quando fossem expostos à ação do fogo brando. Dois deles ocupavam-se em dobrar até o chão dois pinheiros novos, vizinhos um do outro, para aí prender Heyward pelos braços e suspendê-lo na posição vertical. Mas nem esses suplícios serviam para saciar a vingança de Magua. Acercou-se de Cora, mostrando-lhe com um sorriso maligno todos aqueles preparativos de morte, e pôs-se a falar-lhe no ouvido, de modo a não ser percebido pelos que estavam ao redor. Pouco a pouco, viu Heyward a vergonha, o terror, o desespero, sucederem-se no rosto da jovem criatura.

— Que está lhe dizendo esse monstro? — berrou com furor.

— Nada — respondeu Cora com doçura e firmeza. — Não sabe o que está dizendo nem o que está fazendo...

— Memória de Huron ser mais longa que mão de cara-pálida e misericórdia ser mais curta que justiça. Mim mandar seu pai cabeça de cabelos louros e dois companheiros?

— Deixe-me! — gritou Cora indignada.

---

21 Profunda. (N. do R.)
22 Segmento alongado e estreito feito de madeira. (N. do R.)

Magua explodiu de rir.

— Ver — disse mostrando Alice, com um prazer bárbaro. — Estar chorando e ser ainda muito jovem para morrer. Mim mandar ela Munroe cuidar cabelos brancos.

Cora não pôde deixar de lançar um olhar a Alice e teve pena dela.

— Que é que ele está dizendo, querida Cora? — perguntou Alice com a voz trêmula. — Está falando dos meios de como mandar-nos de volta ao nosso pai?

Cora, com a fisionomia conturbada, ficou alguns instantes sem poder abrir a boca. Por fim, falou:

— Alice, o Huron oferece a vida a nós duas; e mais: promete por você e o caro Duncan em liberdade, e o nosso amigo também, entregando-os ao nosso pai, caso eu consinta em...

— Consinta no quê? — perguntou Alice. — Que é que exige de nós?

— Quer que eu o acompanhe nas selvas, que vá com ele agora, para junto da tribo dos Hurons, que passe toda a vida com ele: em poucas palavras, que seja sua esposa. Falem Alice e major Duncan, ajudem-me com seus conselhos. Devo comprar a vida com um sacrifício tal? Consentem em recebê-la de minhas mãos a tal preço? Falem os dois, digam-me o que devo fazer.

— A vida por esse preço! — exclamou o major indignado. — Não brinque assim com nossa desgraça, e não fale mais nessa detestável alternativa! Apenas a ideia já me parece mais horrível do que mil mortes!

— Sabia que essa seria sua resposta, mas é preciso salvar Alice, e não há nada que eu não faça por ela.

— Não, é preferível morrer! — respondeu Alice, retorcendo-se entre os laços.

— Morrer, então! — gritou Magua, trincando os dentes quando viu que a moça mostrava tal decisão.

Brandiu a machadinha por cima da cabeça e atirou-a com toda a força. A arma fendeu o ar sob os olhos de Heyward, cortou uma das tranças de Alice e foi-se enterrar fundo na árvore a uma polegada da cabeça da moça.

O espetáculo pôs Heyward fora de controle: com violento esforço, rompeu os laços que o prendiam e precipitou-se sobre um outro selvagem que já erguia o *tomahawk*. Os dois contendores lutaram corpo a corpo e rolaram no chão sem desgrarrar-se, mas o corpo quase nu do Huron oferecia menos firmeza ao major, e o adversário safou-se com um movimento brusco. O índio apoiou o joelho no peito do major e levantou a faca para enterrá-la no peito de Duncan, que já via a lâmina descer em cima dele. Nesse exato momento, uma bala passou raspando seu ouvido e uma detonação ecoou a pouca distância. O índio largou lentamente o major e tombou sem vida a seus pés.

Os Hurons ficaram imóveis no mesmo lugar ao verem que a morte caíra tão violenta sobre um deles. O nome do Longa-Carabina correu de boca em boca. O temível caçador não lhes deu nem tempo de pegarem nos rifles: saltou de repente de uma moita vizinha acompanhado por Chingaguk, o filho que lançavam seu brado de guerra.

A confusão generalizou-se. Uncas, que estava mais perto, foi o primeiro a ser atacado por um Huron, mas abriu-lhe o crânio a golpes de *tomahawk*. Heyward arrancou a machadinha de Magua que ficara enterrada na árvore onde estava amarrada Alice, e dela serviu-se para se defender contra o selvagem que o atacava. Hókai não tardou muito a vencer o antagonista com um golpe de *tomahawk* que o deitou por terra, e correu em auxílio do major que fraquejava. No primeiro momento da luta, o quinto Huron, levado por infernal espírito de vingança, correu na direção de Cora, atirando-lhe de longe a machadinha. A arma, bem afiada, apenas raspou na árvore cortando os laços que prendiam a moça, que disso aproveitou-se para se aproximar de Alice, apertando-a nos braços; com a mão trêmula, procurou desatar os cipós que a mantinham presa. Nisso, o sanguinário Huron, com duas passadas alcançou-a e agarrou-a pelos cabelos que lhe caíam desgrenhados nos ombros. Fez brilhar a lâmina da faca diante dos olhos da moça, fazendo-a virar a cabeça para mostrar-lhe como ia escalpelá-la. Uncas, porém, presenciara toda essa cena: com três saltos, o jovem Moicano caiu sobre o novo inimigo, enterrando-lhe a faca no peito.

A luta entre Chingaguk e o Raposa-Astuta não terminara. Após um duelo sem resultado a golpes de *tomahawk*, atracaram-se os dois e rolaram pelo chão, continuando a lutar entrelaçados como serpentes, levantando poeira e folhas secas. Uncas, o caçador e o major acorreram depressa ao auxílio do companheiro. Mas os movimentos convulsos dos dois contendores eram tão rápidos que seus corpos pareciam um só, e nenhum deles ousou atacar com medo de tornarem-se vítimas. Por fim, Chingaguk achou um jeito de dar no adversário um golpe de faca. Magua, no mesmo instante, largou a presa e deu um profundo suspiro, ficando estendido no chão, imóvel. O Moicano levantou-se e fez ecoar por todo o bosque seu brado de vitória.

— Vitória dos Delawares! Vitória dos Moicanos!

Ergueu o rifle no ar para esmagar com a coronha o crânio do Huron derrotado. No mesmo instante, porém, o Raposa-Astuta fez um movimento rápido que o aproximou da falda da colina, por cuja rampa deixou-se escorregar. De um salto, sumiu em poucos segundos no meio das moitas, enquanto os dois Moicanos saíam em sua perseguição.

— Deixem-no ir — disse Hókai. — Onde querem achá-lo? A essa hora já estará escondido em alguma toca. Acaba de provar que não foi à toa que o chamaram de Raposa-Astuta, covarde e astuto como é. Um honesto Delaware, vendo-se derrotado em luta justa, deixaria que lhe dessem o golpe de misericórdia sem resistir, mas esses patifes Maguas apegam-se à vida como lobos selvagens. Deixem-no ir. Está só, sem rifle, nem *tomahawk*. Está ferido e terá de andar muito para juntar-se aos franceses ou aos seus companheiros. É como a serpente da qual arrancaram-se as presas venenosas: não nos pode fazer mais nenhum mal. Pelo menos, até que fiquemos em segurança.

Uncas reuniu-se a Heyward que, perto das companheiras, empenhava-se em desatar os laços que ainda prendiam Alice. As duas irmãs atiraram-se nos braços uma da outra, agradecendo aos que as haviam salvo.

Hókai, depois de certificar-se de que os inimigos estendidos pelo chão estavam bem mortos, aproximou-se de David, livrando-o dos laços que com exemplar paciência havia suportado.

— Pronto! — disse, arrancando o último cipó que acabara de cortar. — Eis o senhor livre de novo e na posse de suas pernas das quais, aliás, não serviu-se com muito senso. Agiria muito sabiamente se ao primeiro louco vendesse esse instrumento que aparece pela metade, embutido em sua algibeira e, com o dinheiro que apurasse, comprasse uma arma qualquer que lhe pudesse ser útil, nem que fosse uma maldita pistola.

— As armas e os clarins para a batalha! — respondeu o professor de canto esfregando as longas pernas. — Mas o canto de ação de graças pela vitória!

Levou aos lábios a clarineta e começou a música sem perceber a indiferença do auditório. Alice e Cora, abraçadas, recuperavam-se das emoções. Os homens examinavam o arsenal dos Hurons. Chingaguk reconheceu seu rifle e o do filho. Também Heyward achou do que se armar, e Hókai declarou-se admirado por não faltar-lhes mais pólvora para carregarem as armas.

Depois, o caçador informou que já era hora de pensar na partida. Ajudadas por Heyward e pelo jovem Moicano, as moças desceram rapidamente a colina e, com alegria, encontraram os cavalos pastando nas moitas. A primeira etapa não foi longa. Hókai, abandonando o caminho que os Hurons haviam tomado na vinda, virou à direita, transpôs um regato pouco profundo e parou num pequeno vale ensombrado de olmos.

O caçador e os índios pareciam conhecer aquele sítio pois, encostando os rifles nas árvores, começaram a afastar as folhas e a cavar na argila. Logo surgiu um jato da água límpida e borbulhante, com o qual encheram as cabaças. Heyward, depois de beber um pouco da água, pôs de lado sua cabaça, descontente. O caçador riu em silêncio e abanou a cabeça com satisfação. Depois, deram início a uma frugal refeição. Cumprido esse dever agradável e necessário, Hókai anunciou sua decisão de prosseguir. As duas irmãs montaram de novo; Duncan e David pegaram dos rifles e seguiram atrás; o caçador guiava a coluna e os Moicanos cerravam fila.

E o grupo todo moveu-se ligeiro na direção norte pelo estreito trilho.

6
UM REGRESSO MOVIMENTADO

A estrada que tomou Hókai cruzava em diagonal as mesmas planícies arenosas, cobertas de bosques e semeadas aqui e ali de vales ou colinas, que os viajantes haviam percorrido de manhã como prisioneiros de Magua. O Sol começava a declinar no horizonte e o calor já não era tão sufocante, respirando-se mais à vontade sob a abóbada formada pelas enormes árvores da floresta.

O caçador parecia guiar-se por indícios secretos que conhecia, caminhando sempre com passo igual, e jamais parava para deliberar. Um golpe de vista lançado ao acaso no musgo das árvores; um olhar para o Sol que ia declinando; uma olhada no curso dos regatos, tudo isso era suficiente para assegurar-lhe que não se enganara de caminho.

Ao crepúsculo, Hókai parou de repente e virou-se para os que o acompanhavam:

— Nossa noite de repouso será curta, pois é preciso retomar a marcha logo que a Lua nascer. Lembro-me de haver combatido os Maquas aqui nessas redondezas na primeira batalha. Aqui, construímos uma espécie de forte com troncos de árvores para defendermos as cabeleiras. Se a memória não me engana, deveremos achá-lo aqui por perto.

Virou de repente pela esquerda e penetrou num denso bosque de castanheiros novos. Depois de caminharem uns duzentos ou trezentos passos no meio das moitas, os viajantes deram com uma clareira onde se erguia o pequeno forte abandonado, construído num outeiro[23] coberto de plantas.

---
23 Elevação no terreno. (N. do R.)

Era uma dessas construções grosseiras que às pressas se fazem, ao sabor das circunstâncias. O teto de casca de árvore abatera-se há muito, mas os troncos de pinheiro que constituíam as paredes ainda estavam de pé.

— Não seria melhor escolhermos um sítio mais escondido e menos conhecido para fazer alto? — perguntou o major ao caçador.

— Hoje seria muito difícil achar alguém que saiba da existência desse velho forte — respondeu Hókai com ar de tristeza. — Outrora, houve uma feroz escaramuça[24] neste lugar entre os Moicanos e os Mohawks, numa guerra que somente a eles importava. Era eu muito jovem nessa ocasião, e tomei partido a favor dos Moicanos, pois sabia que era uma raça injustamente caluniada. Quarenta dias e quarenta noites ao redor desse forte, que os Moicanos me ajudaram a construir, os patifes tiveram sede do nosso sangue. Os Delawares eram bons de serviço, e construímos um forte seguro. Depois, fizemos uma surtida contra aqueles cães e... nem um só Delaware voltou para contar a história de seu destino. Sim, era eu muito jovem então, e ainda não tinha o hábito de ver sangue. Não podendo suportar nem a ideia de que criaturas iguais a mim pudessem jazer em campo aberto para serem diaceradas pelas feras ou apodrecerem ao relento, enterrei todos os mortos com as minhas próprias mãos nesse mesmo outeiro onde vocês estão agora. E esse sítio não é tão estéril, muito embora seja cultivado graças aos ossos dos mortais.

Heyward e as irmãs levantaram-se da sepultura onde estavam sentados. As duas, não obstante as cenas horríveis que haviam presenciado recentemente, não puderam conter o mortal horror que lhes causava aquele contato tão direto com os túmulos dos Mohawks. A luz mortiça do soturno sítio onde crescia uma vegetação pobre, ladeado de espinheiros e para além do qual os pinheiros pareciam avançar acima até quase o céu num silêncio apavorante, bem como a quietude mortal da imensa floresta, contribuíam em uníssono para aumentar essa sensação de horror.

---

24 O mesmo que combate. (N. do R.)

Duncan manteve-se alguns minutos em alerta e atento a qualquer ruído que viesse da floresta. Sua vista tornava-se mais perscrutante à medida que as sombras vespertinas cobriam o sítio e, mesmo depois que as estrelas brilharam no céu, era-lhe possível distinguir a silhueta das companheiras deitadas, espichadas na relva. Pôde, então, ver Chingaguk sentado, imóvel como as próprias árvores que formavam uma barreira de trevas por todos os lados. Ouvia ainda o ofegar sereno das duas irmãs a poucos passos dele. Sequer uma folha agitava-se ao rumor da brisa, cujo murmúrio era por demais suave para que seus ouvidos o captassem. Afinal, porém, o gemido melancólico de um curiango veio misturar-se ao triste canto de um mocho, e os olhos cansados de Heyward buscaram ao acaso as cintilações coruscantes das estrelas, crendo entrevê-las pelas pálpebras semiabertas.

Em momentos assim, de momentânea vigília, tomava uma moita pelo companheiro de sentinela e logo a cabeça caía-lhe ao peito que procurava apoiar-se em terra. Por fim, todo o seu corpo relaxou-se e dobrou-se, e o jovem mergulhou num profundo sono. Sonhou, então, que era um cavaleiro medieval que fazia a ronda da meia-noite na barraca de uma princesa resgatada, cujos favores jamais desesperara ele de alcançar, graças a essa prova de devoção e vigilância.

Apenas dois ou três minutos se passaram antes de ouvirem a aproximação dos selvagens, que já estavam a poucos passos de distância do cinturão de castanheiros que circundava a clareira.

— Estão vindo — disse Heyward, recuando um passo para passar o cano do rifle por entre os troncos de duas árvores. — Vamos lançar fogo no primeiro que apontar...

— Tenha muito cuidado — disse Hókai. — Uma escorva queimada fará cair sobre nós todo o bando, como uma malta de lobos esfaimados. Esperemos!

Nisso, um enorme Huron armado de *tomahawk* e rifle penetrou na clareira e parou, olhando de longe a velha construção com uma viva expressão de curiosidade. A exclamação de surpresa que soltou atraiu para junto dele um dos companheiros. A princípio, ficaram quietos, com os olhos grudados no velho forte; depois, com passo lento, foram chegando, parando várias vezes como gamos assustados. Um deles feriu o pé no terreno e abaixou-se para examiná-lo. Hókai fez um movimento para armar a carabina e verificar se a faca lhe saía fácil da cintura. O major fez o mesmo e preparou-se para a luta que era inevitável.

Os dois selvagens estavam tão perto que o menor movimento dos cavalos poderia alertá-los. Mas resolveram apenas contornar o outeiro santo conversando em voz baixa e respeitosa. O respeito religioso foi mais forte que suas suspeitas: afastaram-se na ponta dos pés, lançando olhares amedrontados para o forte em ruínas, como se esperassem sair de lá os espíritos dos mortos que haviam sido dados à sepultura naquele sítio. Juntaram-se aos companheiros e sumiram na escuridão da floresta.

Hókai, apoiando de novo a coronha da carabina no chão, soltou um suspiro de alívio e disse:

— Respeitam os mortos: foi o que lhes salvou a vida e quem sabe também as nossas!

Pouco depois, um sinal de reconhecimento de Chingaguk deu-lhes certeza de que não havia mais perigo. Uncas logo trouxe os cavalos para a clareira, e Heyward ajudou as moças a montarem, pondo-se todos outra vez a caminho.

O caçador assumiu seu posto na vanguarda como antes; caminhava mais lentamente e estava mais circunspecto do que na noite anterior. Mais de uma vez, parou para consultar os dois Moicanos, assinalando-lhes a posição da Lua e de algumas estrelas, bem como examinando com todo o cuidado a casca de algumas árvores e o musgo que as cobria.

Durante essas curtas paradas, Heyward e as duas irmãs procuravam ouvir com atenção se algum som anunciava a volta dos selvagens; mas a vasta extensão das florestas parecia envolvida num silêncio eterno. De repente, ouviu-se um murmúrio longínquo de água corrente, o que veio pôr fim às hesitações dos guias, que imediatamente enveredavam nessa direção.

Fez-se novo alto ao chegarem às margens do pequeno arroio[25]. Hókai manteve uma breve conferência com os dois companheiros, após o que, tirando os sapatos de couro, convidaram Heyward e La Gamme a fazerem o mesmo. Tocaram os cavalos até o leito, que não era profundo, e também entraram na água, caminhando assim para despistar os que pudessem seguir seus rastros. Ao cabo de uma hora, a coluna pôs de novo pé na margem e entrou no bosque. Aí o caçador parecia ter encontrado uma região conhecida e caminhou com passo mais seguro.

Pouco além, viram os viajantes que iam entrar nos desfiladeiros, pois as montanhas se apertavam. Hókai parou de novo e reuniu os companheiros para fazer suas últimas recomendações:

— É fácil conhecer os atalhos e os regatos das selvas, mas quem poderá dizer se um grande exército não está acampado do outro lado dessas montanhas?

— Então não estamos a grande distância do forte William-Henry, não é? — perguntou Heyward.

— Ainda nos resta um bom pedaço de caminho, o qual é o mais fácil, mas o principal é saber como e de que lado chegaremos ao forte. As tropas de Montcalm poderão barrar-nos o caminho de supetão. Portanto, que cada um fique de olho!

Mudando de rumo, começaram a subir por um atalho estreito que coleava por entre árvores e pontas de rochedos. À medida que subiam acima do nível do vale, a escuridão tornava-se menos densa e os objetos começavam a se desenhar em volta deles. Após atravessarem as moitas que atapetavam o flanco da montanha, chegaram à plataforma que dominava a paisagem ambiente e de onde viram o Sol nascendo, do outro lado do vale do Horican. De baixo para cima, na margem sul de um imenso lago, viam-se as fortificações em terra e as construções

---

25 O mesmo que regato. (N. do R.)

pouco elevadas do forte William-Henry. Os dois principais bastiões pareciam emergir das águas, enquanto um fosso largo e profundo, atrás de um pântano, protegia os seus ângulos e flancos. As árvores tinham sido derrubadas até uma certa distância das linhas de defesa do forte.

Do lado do poente, numa nesga de terra que, vista de longe, parecia muito estreita para conter um exército tão numeroso, viam-se barracas em número suficiente para dez mil homens. De repente, ouviu-se o estrondo de uma descarga de artilharia no vale, que propagou-se de eco em eco por toda a paisagem.

— Quem não dorme quer acordar os que dormem a tiro de canhão — disse o caçador. — Chegamos com algumas horas de atraso: Montcalm encheu os bosques com seus malditos Iroquois.

— A praça está realmente sitiada — disse Heyward. — Mas não nos resta nenhum meio de ali entrar? Valeria muito mais a pena cairmos prisioneiros dos franceses do que nas mãos dos índios.

— Vamos procurar Montcalm e pedir-lhe permissão para entrar no forte — disse Cora. Ousaria recusar isso a uma filha que apenas pede para juntar-se ao pai?

— A senhora teria muita dificuldade em chegar a ele ainda com a cabeça sobre o pescoço — respondeu calmamente o caçador.

— Então vamos partir que a neblina servirá para ocultar nossa marcha. Se me acontecer algum acidente, sigam os Moicanos, que possuem um instinto capaz de fazê-los conhecer o caminho em plena escuridão.

Como os cavalos agora podiam ser mais perigosos do que úteis, os abandonaram no mesmo lugar e desceram montanha atrás de Hókai, enquanto Heyward e Uncas se desdobravam para ajudar as moças.

Um trilho mal feito levou-os, através de mil voltas, a uma meia milha do lado oposto a uma poterna do flanco oeste do forte, onde pararam enquanto o caçador fazia um reconhecimento na orla do bosque em companhia dos dois Moicanos. Sua ausência não foi muito longa: logo voltou, vermelho de raiva e desabafando seu descontentamento:

— Os astutos franceses puseram exatamente no nosso caminho um piquete de peles-vermelhas e peles-brancas! E como saber agora onde devemos passar com essa neblina, ao lado ou bem no meio?

Assim que acabou de falar, uma bala de canhão atravessou os galhos, caiu no chão a dois passos dele e rolou contra um pinheiro.

— Vamos arriscar e avançar! — gritou. — Se essa neblina levantar, estamos fritos e o sítio ficará insustentável.

Uncas e Chingaguk abriram em disparada através do bosque por onde todos se precipitaram. Heyward calculava que já estava mais ou menos a meio caminho da poterna, quando um berro furioso retumbou à frente deles:

— *Qui vive?*[26]

Ficaram tesos. Uma saraivada de vinte tiros de fuzil espoucou, felizmente a esmo.

— Vamos responder ao fogo. Assim pensarão que é um ataque da guarnição e pedirão reforços; enquanto isso, estaremos a salvo — disse Heyward.

A primeira descarga que fizeram trouxe de novo o silêncio ao acampamento, mas a outra deu o alarme e os tambores rufaram de todos os lados.

— Atraímos a atenção de todo o exército. Vamos fugir. Salvemos a pele!

Gritos, blasfêmias, tiros, tudo se ouvia à curta distância. Um clarão avermelhado rompeu a neblina, seguido de pungente detonação, e várias balas cruzaram pela planície.

---

26 Espécie de senha. (N. do T.)

— Então atirando do forte! — gritou o caçador parando na mesma hora. — E nós... como loucos correndo na direção do bosque para... cair na faca dos Maquas...

Retrocederam levando as moças que estavam esgotadas.

Aos calcanhares tinham os perseguidores que batiam às cegas nas moitas. Uma centena de passos mais e por fim... viram os bastiões do forte que emergiam da neblina.

— Soldados a postos! — gritou alguém de cima das muralhas. — Atirem em rasante varrendo a ladeira.

No entanto, alguém reconhecera as duas moças entre as silhuetas saltitantes que saiam das moitas.

— Parem! — gritou de novo a voz possante do coronel Munroe. — Deem uma batida, mas que não se queime nenhuma escorva! Baioneta calada!

Duncan ouviu o ruído dos gonzos enferrujados da poterna: estavam salvos!

Uma longa fila de soldados em uniforme vermelho precipitou-se sobre os assaltantes, que já davam às de vila-diôgo[27].

Alice e Cora, por milagre, acharam-se conduzidas pelos companheiros ao interior do forte em meio às aclamações de entusiasmo. Um oficial de grande estatura e cabelos grisalhos lançou-se a elas, apertando-as ternamente nos braços:

— Ah! Até que enfim, vocês! O inimigo cortou nossa ligação com o mundo e pensei que estivessem para sempre perdidas! Bênçãos aos Céus por havê-los trazido até aqui sãs e salvas no meio de tão graves perigos...

---

27 Expressão que significa "fugir". (N. do R.)

7
DOIS VALENTES ADVERSÁRIOS

Os dias que se seguiram à chegada de Heyward e suas companheiras ao forte William-Henry transcorreram em meio às privações e aos perigos de um cerco mantido por um inimigo poderoso, contra o qual coronel Munroe não dispunha de meios suficientes de defesa. Parecia que Webb adormecera com seu exército às margens do Hudson e se esquecera de que seus irmãos em armas estavam no último transe. Montcalm enchera os bosques de selvagens: ouviam-se seus gritos e uivos até no fundo do acampamento inglês, o que contribuía bastante para manter o terror entre os soldados desencorajados.

Os males resultantes desse estado de coisas faziam-se sentir vivamente no bravo escocês que defendia a praça. Embora Montcalm deixasse de aproveitar as alturas, distribuíra com arte as baterias pela planície, que eram manejadas com muita perícia. Os sitiados só podiam opor meios de defesa preparados às pressas, numa fortaleza completamente isolada.

Certa tarde, o major Heyward aproveitou-se de uma trégua no fogo para ir até o parapeito de um dos bastiões situados do lado do lago, para respirar o ar fresco e verificar que progresso tivera o trabalho dos sitiados no correr do dia. Duas pequenas bandeiras brancas tremulavam, uma no ângulo do forte, outra numa bateria avançada do acampamento de Montcalm, como emblemas da momentânea trégua que suspendera não só as hostilidades, mas até mesmo a animosidade dos combatentes. Um pouco à retaguarda viam-se flutuar as longas dobras de seda dos estandartes rivais da França e da Inglaterra. Uma centena de jovens franceses, alegres e espantados, arrastavam uma rede na margem arenosa do lago, ao alcance dos canhões do forte. Alguns soldados divertiam-se nos jogos no pé da montanha, que retumbava aos seus gritos de alegria. Outros grupos cantavam e dançavam ao som do pífano e do tambor no meio de uma roda de índios, atraídos pelo barulho do fundo dos bosques e que os olhavam com silencioso espanto. Duncan, muito pensativo, contemplava esse espetáculo havia alguns minutos quando ouviu passos na ladeira defronte da poterna. Foi até o ângulo do bastião e viu que Hókai avançava com as mãos atadas nas costas, sob a guarda de um oficial francês. O caçador tinha um ar abatido e parecia estar profundamente humilhado de ter caído em poder do inimigo. O major tremeu de surpresa e apressou-se a descer do bastião para chegar ao interior da fortaleza. Teve tempo só de saudar Alice e Coral que não via desde a chegada das moças, antes de ir ter ao quartel-general. O coronel Munroe, que andava de lá para cá muito triste defronte do pavilhão, chamou o jovem.

— Foi com muita pena — disse o major Heyward — que vi o mensageiro que vos recomendei regressar preso. Espero que não tenhais nenhuma razão para suspeitar de sua lealdade...

— A lealdade do Longa-carabina já é de meu conhecimento há longos anos — respondeu o velho — e está acima de qualquer suspeita. Apesar do perigo que a missão oferecia, mandei-o prevenir o general Webb da nossa desgraça. Mas Montcalm fê-lo prisioneiro quando regressava e, com a maldita educação de sua terra, mandou-o de volta a mim para dizer que, levando em conta o caso que faço desse valente, não queria privar-me de seus serviços. Parece que era portador de uma carta, e aí está a única parte da história que me é agradável; malgrado a habitual solicitude do marquês, estou convencido de que, se a carta trouxesse más notícias, nada haveria de mais urgente do que *m'a*[28] enviar.

— De maneira então que devolveu o mensageiro, mas reteve a mensagem, não? E o que diz o caçador? Não terá olhos, ouvidos, língua? Qual o relatório verbal que vos fez ele?

---

28 Do francês, algo que, traduzindo, seria como dizer: "nada haveria de mais urgente do que tê-la enviado a mim". (N. do R.)

— Ah! Sim. O resultado do relatório é que nas margens do Hudson há um forte que pertence a Sua Majestade Britânica, e é guarnecido por numerosa guarda, como sói[29] acontecer.

— Mas... será que não viu nenhum movimento... nenhum indício que anunciasse a intenção de marcharem em nosso auxílio?

— Viu sim... uma parada de manhã... outra de tarde. E só. Na carta devia haver qualquer coisa que nos seria muito bom saber.

— Não podemos esperar mais — disse Duncan com voz angustiada. — Não vos posso ocultar que o acampamento não pode resistir por muito tempo mais, e que no forte as coisas não parecem ir melhor. A metade dos nossos canhões está fora de serviço...

— Major Heyward — respondeu Munroe, virando-se para ele com ar de dignidade — enquanto me restar alguma esperança de ser socorrido, defenderei este forte nem que for com pedras apanhadas na beira do lago. É preciso saber a qualquer preço que intenções exprimia o general Webb naquela miserável carta.

— Posso ser de alguma utilidade nesse caso?

— Sim, pode sim. O marquês de Montcalm mandou-me convidar para uma entrevista pessoal no local que separa nossas fortificações dos limites de seu acampamento. Ora, acho que não convém mostrar tanta pressa em vê-lo e tenho a intenção de nomear o senhor meu representante junto dele.

O coronel Munroe informou ao jovem oficial a respeito de tudo o que teria a fazer, acrescentando alguns conselhos ditados pela sua experiência. Depois disso, Heyward despediu-se do comandante, saindo pela poterna, precedido de uma bandeira branca.

Montcalm recebeu o jovem major cercado de seus principais oficiais e dos caciques índios que o haviam apoiado nessa guerra. Heyward sentiu um estremecimento ao ver entre eles o rosto selvagem de Magua, que o olhava com atenção. O porte nobre e

---

29 Como é frequente. (N. do R.)

marcial, os traços simpáticos e o sorriso afável do general francês impressionaram-no favoravelmente. Com familiaridade, o marquês tomou Duncan pelo braço, levando-o até a barraca onde poderiam conversar sem serem ouvidos.

— *Monsieur* — disse o marquês —, seria para mim uma honra ter uma entrevista pessoal com o coronel Munroe, mas congratulo-me por fazer-se representar por um oficial tão distinto e amável como me parece ser o senhor. Seu comandante é um bravo e, bem o sei, está em melhor posição que ninguém para resistir a um ataque. É possível que minha luneta me tenha enganado e que suas fortificações resistam à nossa artilharia mais do que penso. Sabe o senhor sem dúvida qual a nossa força, não?

— Nossos relatórios variam a esse respeito, senhor marquês — respondeu Heyward com indiferença. — Supomos, no entanto, que não pode ultrapassar uns vinte mil homens.

O francês mordeu os lábios e fixou os olhos no major como que para ler seu pensamento.

— É uma confissão bem mortificante para um soldado, mas força é convir que, malgrado todas as nossas precauções, não conseguimos disfarçar o número dos nossos. Acreditar-se-ia, no entanto, que, se isso pudesse ser feito, deveria sê-lo nesses bosques.

O major mantinha-se em guarda e em silêncio, enquanto o general prosseguia sorrindo:

— Se ainda é muito cedo para capitular por medida de humanidade, seja-me permitido, todavia, acreditar que um jovem oficial como o senhor consentiria menos que o fizesse por questões de galanteria. Segundo o que estou informado, as filhas do comandante entraram no forte depois do cerco, não?

— Perfeitamente, senhor marquês. Essa circunstância, porém, muito longe de afetar nossa decisão, só nos pode exortar a renovados esforços. Se, para rechaçar um inimigo tão hábil como *Monsieur de*

Montcalm não fosse preciso mais do que determinação, de boa vontade confiaria à mais velha delas a defesa do forte William.

— Temos em nossas leis sálicas um sábio dispositivo, segundo o qual a coroa da França não pode recair sobre a cabeça de mulher — respondeu Montcalm em tom seco. — É mais razoável ainda estendê-lo à profissão das armas. E presumo, *monsieur*, que o senhor está autorizado a tratar das condições de rendição do forte, não?

— Não é questão disso, por ora — retrucou Heyward. — Creio que não avaliais bem a força do forte William-Henry, nem os recursos de sua guarnição.

— Não é Quebec que estou sitiando: é uma praça cujas fortificações ficam todas em terra, defendida por uma guarnição que não ultrapassa dois mil e trezentos homens, embora um inimigo tenha de fazer justiça à sua bravura.

— Verdade, senhor marquês, que nossas fortificações são todas em terra e não assentadas na rocha. Mas não incluístes nos vossos cálculos uma força considerável que está apenas a algumas horas de marcha da praça, e que devemos considerar como fazendo parte dos nossos meios de defesa.

— Ah! Sim — fez Montcalm com indiferença. — Seis a oito mil homens que seu circunspecto comandante julga mais prudente manter nas trincheiras do que lançar em combate.

Foi a vez de Heyward morder os lábios com desprezo ao ouvir o marquês falar, com tamanha despreocupação, de um corpo de exército cuja força efetiva sabia muito bem que era exagerada. Os dois ficaram algum tempo em silêncio, e depois, Montcalm retomou a palavra, falando de modo a deixar entrever que estava descontente: pensara que a visita do oficial inglês só tinha o propósito de oferecer as condições da capitulação. O major, por sua vez, procurou dar à conversa um tom tal que levasse o general francês a fazer alguma alusão à carta que interceptara. Nem um, nem outro, porém, conseguiu atingir seu objetivo. Duncan, após uma longa e inútil conferência, retirou-se com uma impressão favorável dos talentos e da educação do general inimigo, mas, por outro lado, pouco instruído a respeito do que devia saber logo no primeiro momento de sua chegada.

Regressando ao forte, dirigiu-se imediatamente à presença do coronel Munroe, que achava-se em companhia das filhas. Alice e Cora pareciam ter olvidado, momentaneamente, não apenas os recentes perigos que haviam corrido nos bosques, como também os que poderiam vir a ameaçá-las na fortaleza sitiada. O velho soldado dispensou-as com pesar, pois sabia que conforto lhe trazia a presença das moças e que prazer tinham elas em reencontrar, a cada hora, o major Heyward nos intervalos de perigosas façanhas.

— Que mensagem lhe deu o Marquês de Montcalm? — perguntou.

Com grande embaraço, fez Duncan um relato de sua missão. O general francês soubera iludir todas as suas tentativas de esclarecimento, deixando entender que preferia encontrar-se pessoalmente com o comandante do forte William-Henry para dar-lhe todas as explicações desejadas.

— Basta! Já me contou o senhor o bastante! — clamou humilhado o velho soldado. — Lá me convida esse cavalheiro para uma conferência, e quando me faço substituir por um oficial bastante capaz, recusa-se a parlamentar, deixando que eu adivinhe!

— Mas o convite que vos dirigiu e que me encarregou de reiterar, é para o comandante do forte e não para seu ajudante.

— Por minha fé, Duncan! Bem que tenho vontade de ir, nem que para lhe mostrar uma postura inabalável, apesar de seu exército numeroso e de suas intimações.

— Sem dúvida alguma que vosso ar de indiferença e tranquilidade há de fazê-lo pensar — disse Heyward.

— Irei ver o francês. Agora e sem nenhum medo, como convém a um velho servidor do Rei. Vá, Heyward. Que os façam ouvir nossa fanfarra! Mande um arauto marquês para informá-lo que estarei no local combinado.

Pronta a escolta, o veterano e seu jovem companheiro saíram da fortaleza, precedidos do oficial que levava a bandeira branca.

Montcalm dirigiu-se até o grupo inimigo com um passo cheio de graça e saudou o velho coronel tirando o chapéu, cujo penacho tocou no chão.

— Quis essa entrevista com o comandante do forte William-Henry para convencê-lo de que tudo já fez que dele se exigisse para manter a honra de seu soberano, e a fim de suplicar-lhe que agora nos entregue a praça por medida de humanidade. Um testemunho eterno darei de que manteve a mais honrada resistência durante tanto tempo, que não lhe restou a menor esperança de vê-la coroada de êxito.

— Por maior que seja o preço que dou pelo testemunho de *Monsieur* de Montcalm — respondeu com seriedade Munroe — será ele ainda mais valioso quando eu melhor o merecer.

O general francês sorriu.

— O que de bom grado se concede a um valor que se estima, pode-se recusar a uma obstinação inútil. *Monsieur* desejaria ver meu acampamento e, depois de contar pessoalmente aos soldados que nele estão, convencer-se da impossibilidade de resistir por mais tempo?

— Sei que o Rei da França é bem servido — retrucou imperturbável o escocês. — Mas o Rei, meu senhor, também tem tropas bravas, fiéis e numerosas.

— Que infelizmente cá não se acham! — exclamou Montcalm, num transporte de indignação. — Há na guerra um destino ao qual o homem bravo deve sujeitar-se com a mesma coragem com que enfrenta o inimigo. Essas montanhas nos oferecem muitos observatórios para reconhecermos o estado real das fortificações, e seja-me permitido assegurar que conheço seus pontos fracos tão bem como Vossa Excelência.

— Se a luneta de Vossa Excelência pode alcançar até o Hudson, como é que ainda não viu os preparativos de marcha do general Webb?

— Que o próprio general Webb responda a essa pergunta — respondeu o astuto marquês, dando a Munroe uma carta aberta. — Nessa mensagem verá Vossa Excelência que não é muito provável que o movimento de suas tropas inquietem o meu exército.

O veterano pegou da missiva. Mas, nem bem havia começado a ler e seu rosto modificou-se: os lábios tremeram, o papel saiu-lhe das mãos e a cabeça pendeu-lhe no peito.

Duncan apanhou a carta e, com uma olhadela, certificou-se da cruel notícia que continha. O chefe comum, o general Webb, bem longe de exortá-los à resistência, ao contrário, aconselhava-os em termos claros e precisos que se rendessem imediatamente, alegando que não podia enviar um só homem em seu socorro.

— Nenhum engano — conveio o major examinando a carta com atenção. — É mesmo o selo e a assinatura de Webb. É certamente a carta interceptada.

— Então, estou abandonado! Fui traído! — suspirou Munroe com amargura.

— Não faleis desse modo! — disse Duncan. — Ainda somos os donos do forte e de nossa honra! Iremos nos defender até a morte...

— Senhores — disse Montcalm dirigindo-se a eles com ar de sincero interesse e de generosidade. Os senhores me conhecem muito mal se acham que sou capaz de querer aproveitar-me desta carta para humilhar tão bravos soldados e desonrar-me a mim mesmo. Antes de se retirarem, pelo menos ouçam as condições de capitulação que ofereço.

— Estamos prontos a ouvir — disse Munroe, em tom mais calmo.

— É impossível que os senhores conservem o forte em seu poder: o interesse do Rei, meu senhor, exige que seja destruído. Quanto aos senhores e seus bravos camaradas, porém, tudo o que pode ser caro a um soldado há de ser-lhes concedido.

— Nossas bandeiras? — perguntou Heyward.

— Podem levá-las para a Inglaterra, como prova de que valentemente as defenderam.

— Nossas armas?

— Podem ficar com elas. Ninguém mais poderia servir-se delas como os senhores.

— A rendição da praça? Nossa partida?

— Tudo se efetuará da mais honrosa maneira para os senhores, conforme o desejam.

O coronel Munroe ouviu todas essas propostas com manifesta surpresa, e ficou vivamente impressionado com tamanha generosidade.

— Vá, Duncan. Acompanhe o senhor marquês até a barraca para ajustar com Sua Excelência todos os detalhes. Já vivi demais para ver agora na velhice duas coisas que jamais pensei que fossem possíveis: um inglês recusar socorro ao companheiro de armas e um francês com tamanho senso de honra para não aproveitar a vantagem que obteve.

Com muita cortesia, saudou o marquês e voltou ao forte acompanhado de sua escolta. Seu ar abatido e consternado já anunciava à guarnição que não ficara satisfeito com a entrevista.

Duncan ficou para acertar as condições da rendição da praça. Entrou no forte quando da primeira ronda da noite, mas depois de ligeira conversa com o comandante, viram-no sair de novo de regresso ao acampamento francês.

Anunciou-se então, oficialmente, a cessação de todas as hostilidades: Munroe assinara uma capitulação em virtude da qual o forte devia render-se na manhã seguinte. A guarnição partiria levando bandeiras, armas e bagagens; por conseguinte, de acordo com o código militar, com toda honra.

8
O MASSACRE DO FORTE WILLIAM-HENRY

Os exércitos inimigos acampados nas selvas do Horican passaram a noite de 9 de agosto de 1757 mais ou menos como se estivessem no maior campo de batalha da Europa: os vencidos no acabrunhamento da derrota e os vencedores no júbilo da vitória.

Ao amanhecer, um rufar de tambores ecoou no acampamento francês e, pouco depois, flautas e clarins fizeram-se ouvir com seus alegres toques por todo o vale. O forte, entretanto, estava mergulhado num silêncio lúgubre.

Dado o sinal de evacuação, todas as fileiras do exército inglês prepararam-se para partir. Os soldados, com ar triste, jogavam aos ombros os fuzis descarregados e, em seguida, formavam as colunas, vociferando. Colonos, mulheres e crianças corriam daqui para ali, uns pegando bagagens, outros buscando proteção eficaz no meio da tropa.

O Coronel Munroe encorajava a todos com decisão. Era claro, porém, que a rendição inesperada do forte fosse um golpe que o molestava duramente. Heyward, bastante emocionado, aproximou-se do velho para perguntar em que poderia ser útil, e Munroe só lhe deu duas palavras:

— Minhas filhas!

— Deus do Céu! — exclamou Duncan. — Ainda não tomaram providências para sua partida?

— Major Heyward, hoje não passo de um soldado — respondeu o veterano. — E não são todos filhos meus os que estão em volta de mim?

O major correu até o pavilhão do comandante à procura das duas irmãs. Estavam à porta já prontas para partir, cercadas por duas mulheres em prantos. A chegada do jovem major proporcionou-lhes visível alívio.

— O forte está perdido — disse-lhe Cora com um triste sorriso —, mas pelo menos a honra espero que ainda nos reste.

— Mais do que nunca! — exclamou Heyward. — Mas já é tempo de pensar em vocês. A praxe militar exige que seu pai e eu marchemos à testa das tropas pelo menos até certa altura. Onde encontrar agora alguém que possa tomar conta de vocês no meio da confusão da partida?

— Não precisamos de ninguém — redarguiu Cora. — Quem ousaria molestar ou insultar as filhas de semelhante chefe?

— A custo nenhum quero vê-las sozinhas — replicou o major, lançando o olhar em volta. — Deve-se temer tudo numa hora dessas.

— Deve ter razão — disse Cora, com um sorriso. — Além do mais, o destino nos deu um amigo fiel. Ouça.

Duncan prestou atenção e entendeu logo o que a moça queria dizer: o som grave e lento da música sacra, tão conhecido nas colônias de leste, ressoava à distância. Correu a uma construção adjacente onde David La Gamme tocava a clarineta e explicou-lhe em poucas palavras o que queria dele.

— Com muito prazer — respondeu o honesto salmodista. — Achei nessas duas jovens tudo o que há de mais agradável e melodioso e, depois de termos passado juntos por tantos riscos, é muito justo que viajemos também juntos em paz.

— O senhor cuidará para que ninguém lhes falte com respeito durante a viagem. Os ordenanças do coronel irão ajudá-lo a desincumbir-se desse dever.

— Com muito prazer! — repetiu David La Gamme.

— É bem possível que encontre pelo caminho algum grupo de índios ou vagabundos franceses; em tal caso, basta relembrar os termos da capitulação; caso seja preciso, o senhor pode ameaçar de fazer um relato de sua conduta ao marquês de Montcalm. Uma palavra basta.

Alice e Cora receberam com delicadeza e divertimento o novo protetor. O major assegurara que não haveria o mínimo risco real, e que a presença de David era suficiente. Por fim, tendo-lhes prometido que voltaria a juntar-se a elas a poucas milhas do Hudson, deixou-as para ir assumir seu posto à testa das tropas.

Deu-se o sinal de partida: a coluna inglesa movimentou-se. Ouviu-se um prolongado rufar de tambor. As duas irmãs viram os uniformes brancos dos granadeiros franceses, que já tomavam posse das portas do forte. Alice travou-se ao braço de Cora e, acompanhados por David, afastaram-se em meio a uma multidão de mulheres, crianças e feridos, que arrastavam-se na cauda da coluna.

Assim que esse derradeiro grupo deixou as trincheiras, encerrou-se o protocolo da rendição. A pouca distância, do lado direito, via-se o exército francês todo em armas: Montcalm reunira suas tropas, uma vez que os granadeiros já haviam tomado conta da guarda das poternas. Os soldados contemplavam os vencidos que desfilavam em silêncio e rendiam as honras militares de praxe. O exército inglês, aproximadamente de três mil homens, formava duas longas fileiras através do bosque, indo juntar-se na estrada que levava ao rio Hudson. Bandos de índios vagavam na orla da floresta, alguns deles misturando-se aos vagabundos que acompanhavam o corpo da tropa com passo desigual; mas não pareciam desempenhar senão o papel de observadores tristes e mudos. A vanguarda, comandada por Heyward, já atingira o desfiladeiro e desaparecia pouco a pouco por entre as árvores, quando Cora teve a atenção despertada pelo barulho de uma briga. Um dos índios queria apoderar-se da bagagem de um ferido que, entretanto, a defendia com todas as forças; trocavam socos e a querela generalizou-se. Como por encanto, uma centena de selvagens surgiu de repente num lugar onde, minutos antes, não se teriam contado mais do que alguns poucos. Aterrorizada, Cora reconheceu Magua entre eles, exortando-os à pilhagem. Magua, ao ver as filhas do coronel, levou as mãos à boca e deu o fatal grito de guerra. Todos os índios que se achavam espalhados por ali secundaram-no na porfia[30]: uivos tremendos ecoaram da orla do bosque até os confins da planície. Na mesma hora, dois milhares de selvagens saíram da floresta e precipitaram-se com furor na retaguarda do exército inglês. Alguns batalhões disciplinados tomaram às pressas a formação em quadrado, para se imporem aos selvagens que, entretanto, reagiram com transbordamentos de crueza contra os grupos da retaguarda. Alice e Cora, cercadas por uma turba[31] ululante[32], nem podiam sonhar em fugir, no estupor em que se encontravam. Gritos, gemidos e lágrimas mesclavam-se aos rugidos dos índios.

Um oficial inglês de enorme estatura atravessou a cena da carnificina, defendendo-se a golpes de espada para tomar, então, o caminho do acampamento de Montcalm: era coronel Munroe que, arrostando todos os perigos, corria até o general francês para pedir reforços. O velho não pôde ver as moças, cujos apelos perdiam-se no tumulto que as rodeava. Apesar de todos os esforços que fazia, David para escondê-las dos selvagens, Alice e Cora viram-se de repente arrastadas até a primeira fila por uma turba desordenada. Magua, que embalde já as procurava algum tempo, deu um prolongado grito de triunfo ao ver suas antigas prisioneiras à sua mercê outra vez.

— Vem cá — disse agarrando com a mão ensanguentada a roupa de Cora. — Tenda do Huron esperar moça; lá moça estar melhor...

— Monstro! — gritou a moça. — Então és o autor dessa mortandade?

— Magua ser grande cacique. — respondeu o índio triunfante. — Moça cabelos negros ir por fim acompanhar ele até seu povo?

— Jamais! — respondeu Cora com decisão. — Antes terás de matar-me.

---

30 O mesmo que discussão. (N. do R.)
31 Multidão; tumulto. (N. do R.)
32 Característica daquilo que uiva. (N. do R.)

O índio levou a mão ao *tomahawk*, hesitou um pouco, mas reconsiderando, tomou nos braços o corpo inanimado de Alice e correu, perlongando o bosque.

— Pare! — gritou Cora.

Sem refletir, lançou-se atrás dele acompanhada pelo valoroso David, que debatia-se como um demônio para rechaçar os perseguidores. Dessa maneira, em meio aos mortos e moribundos, atravessaram toda a planície. O astuto Magua virou-se para verificar se Cora estava mesmo seguindo-o, e precipitou-se nos bosques por uma ravina onde o esperavam os dois cavalos abandonados dias antes pelos viajantes, cuidados por um outro selvagem cuja fisionomia não era menos sinistra que a sua. Jogando num dos animais o corpo de Alice, ainda desfalecida, fez sinal à Cora que montasse no outro.

Não obstante o horror que lhe inspirava aquele demônio, a moça obedeceu sem hesitar e estendeu os braços para a irmã, com um ar tão comovente que o Huron não pôde deixar de emocionar-se. Assim, pondo Alice no mesmo cavalo de Cora, tomou as rédeas e enveredou na floresta.

David, considerado provavelmente como um homem que não valia um golpe de *tomahawk*, percebendo que o deixavam só e que ninguém se importava com ele, jogou uma de suas longas pernas na sela do animal que ainda restava e, sempre fiel ao que lhe parecia ser de seu dever, seguiu as duas irmãs a uma distância tão próxima quanto lhe permitiam as dificuldades do caminho.

9
PERSEGUIÇÃO NO HORICAN

Quase três dias depois do massacre do forte William-Henry, cinco homens saíram do desfiladeiro que, através dos bosques, ia dar nas margens do rio Hudson, avançando na direção do desmantelado forte. Eram o coronel Munroe, o major Heyward e Hókai, com seus fiéis Moicanos.

Quando Uncas, que ia à frente, chegou apenas a meio caminho entre a floresta e as ruínas do forte, deu um grito que na mesma hora reuniu em torno os companheiros: acabara de descobrir um lugar onde indefesas mulheres tinham sido massacradas pelos selvagens e cujos corpos estavam empilhados. Por muito penosa que fosse a tarefa, Munroe e Duncan ainda tiveram coragem para examinar com atenção os cadáveres mais ou menos mutilados, a verem se pelos traços reconheciam Alice e Cora. Todas as buscas foram vãs e isso lhes proporcionou certo alívio, sem, entretanto, dissipar a cruel incerteza que os atormentava.

Nesse ínterim, os dois Moicanos percorriam a orla do bosque com um cuidado que não deixou de ser recompensado. Uncas voltou triunfante, agitando na mão um retalho do véu verde de Cora que retirara de uma moita de espinhos. Sem hesitar, o coronel Munroe reconheceu o leve tecido que usava a filha, e quis na mesma hora dar uma batida nas moitas que ficavam na região. Disso dissuadiu-o Hókai, a fim de que não apagassem os rastros dos fugitivos, e pediu-lhe que deixasse os dois índios continuarem a busca.

— Agora que achamos o começo da pista — disse de modo encorajador —, acharemos também o fim um dia ou outro, nem que for a cem léguas daqui.

Chingaguk e o filho exploraram as moitas com muito cuidado. Descobriram a pegada de um mocassim que lhes pareceu ser dos sapatos de Magua e, sucessivamente, entre as moitas, encontraram a clarineta do professor de canto e o medalhão que Alice usava no pescoço. Essas descobertas dissiparam as últimas dúvidas. Mais adiante, as moitas mostravam-se muito pisadas por gente e por animais, podendo-se quase reconstituir a olho nu a cena de uma partida precipitada.

— Retomemos já a marcha — propôs Heyward, arrebatado.

— Calma, meu amigo — replicou Hókai. — Não vamos à caça aos esquilos nem encurralar um gamo no Horican. Iniciamos uma corrida que vai durar dias e noites. Um índio nunca sai numa expedição dessas sem fumar o cachimbo no "fogo do conselho" e dar-se algum tempo à reflexão. Além do mais, poderíamos perder a pista em plena escuridão. Assim, vamos retroceder: acenderemos o fogo esta noite no velho forte, e amanhã, ao despontar o dia, estaremos dispostos e vigorosos para esta grande caçada.

Heyward viu logo que seria inútil insistir. Além disso, o coronel Munroe caíra naquela espécie de prostração da qual raramente saía desde as últimas desgraças. O jovem major deu o braço ao veterano e os dois seguiram o caçador e os índios, que retomaram o caminho da planície.

As sombras da tarde acrescentavam um certo horror às ruínas do forte. O caçador e os dois Moicanos apressaram-se em fazer os preparativos para ali passarem a noite. Algumas vigas foram apoiadas à parede a fim de, recobertas com galhos, formarem uma espécie de toldo. Heyward levou Munroe até ali, pedindo-lhe que fizesse algum repouso, e voltou aos amigos que o aguardavam já em redor de um pequeno fogo de acampamento.

Após curto silêncio, Chingaguk acendeu um cachimbo cujo fornilho era de uma pedra da região, artisticamente talhada e cuja haste era de madeira. Tirando algumas baforadas, passou-a depois a Hókai, que fez o mesmo e deu-o a Uncas. Desse modo, passou o cachimbo três vezes pelo grupo no mais profundo silêncio, antes que alguém ao menos sonhasse em abrir a boca. Por fim, Chingaguk, como o mais velho e de posto mais alto, tomou a palavra fazendo uma exposição do assunto em deliberação, e deu seu modo de pensar em poucas palavras, com voz calma e com dignidade. O caçador respondeu-lhe, o Moicano retrucou, o companheiro fez novas objeções e o jovem Uncas ouvia em respeitoso silêncio, até que Hókai pediu sua opinião. Pelo tom e pelos gestos dos oradores, concluiu Heyward que pai e filho tinham a mesma opinião, e que seu companheiro branco sustentava outra diferente. A discussão acendeu-se pouco a pouco, cada qual apegando-se ao seu próprio modo de pensar. A linguagem dos Moicanos era acompanhada de gestos tão naturais e expressivos que não foi difícil a Heyward seguir o fio dos argumentos. O caçador parecia-lhe o mais obscuro, pois afetava aquela maneira fria e concisa que caracteriza o anglo-saxão. A frequente repetição de sinais pelos quais os dois índios designavam as diferentes pegadas que se podem achar na floresta, provava que insistiam em prosseguir caminho por terra, enquanto que Hókai apontava com o braço na direção do Horican, parecendo mostrar sua insistência em continuar a viagem pelo rio. No entanto, parecia ceder o caçador, e a questão já estava a ponto de ser decidida contra ele quando, de repente, levantou-se e, sacudindo sua apatia, empregou por sua vez todos os recursos de sua eloquência indígena. Traçando no ar um semicírculo de leste para oeste, como para indicar o curso do Sol, repetiu esse sinal tantas vezes quantas eram necessárias para dizer o número de dias que levaria a viagem através do bosque. Depois traçou no chão uma linha sinuosa, indicando, ao mesmo tempo, os acidentes que para eles representavam as montanhas e os rios. Assumindo ar de cansaço, pintou a idade do coronel Munroe que, no momento, achava-se prostrado de sono, e pareceu não fazer boa conta dos recursos físicos de Duncan para aguentar tantas dificuldades; este, de fato, percebeu que se tratava de sua pessoa quando viu o caçador estender a mão, e ouviu que dizia as palavras "mão aberta", cognome que a generosidade valera ao major entre a gente indígena sua amiga. Em seguida, fez o ligeiro movimento de um bote, singrando as águas de um lago com o auxílio do remo, e imitou, para marcar o contraste, a marcha lenta de um homem cansado. Por fim, acabou fazendo em torno da cabeça os gestos do escalpelamento, provavelmente para fazê-los sentir a necessidade de partir imediatamente e de não deixar rastro algum para trás.

Os Moicanos ouviram-no muito sérios, e ficaram muito impressionados com essa comprida arenga. No fim do discurso de Hókai, fizeram acompanhar todas as frases com a exclamação que é, entre os selvagens, sinal de aprovação e aplauso. Em uma palavra, Chingaguk e o filho concordaram com a opinião do caçador por acharem-na maduramente refletida.

Heyward fez a última ronda do acampamento, e em seguida todos os quatro adormeceram sob a luz das estrelas. O céu ainda estava escuro quando Hókai despertou os companheiros. A princípio, seguiram pelo fosso que rodeava o forte para não deixarem nenhum rastro de sua passagem, e logo depois já estavam pisando nas margens arenosas do Horican.

— Traga a canoa um pouco mais para cima — disse o caçador ao jovem Uncas. — No lugar onde estamos, a areia tomaria a forma de um pé com a mesma facilidade do queijo dos holandeses lá do Mohawk. Com calma! A canoa não deve tocar no chão, senão os patifes saberiam o lugar onde embarcamos.

Assim que os dois índios pegaram os remos e lançaram o bote na água suavemente, os dois oficiais instalaram-se no meio e Hókai colocou-se na proa.

O dia começava a despontar quando chegaram numa parte do Horican toda semeada de ilhotas, em sua maioria cobertas de bosques. Foi por essa estrada líquida que Montcalm se retirara com todo o seu exército e, possivelmente, teria ali deixado alguns destacamentos de índios, quer para proteger a retaguarda, quer para recolher os vagabundos. Foi, portanto, em silêncio que se aproximaram, tomando todas as precauções recomendadas.

Chingaguk passou o remo ao caçador, que encarregou-se com Uncas de guiar o barco pelos numerosos canais que separavam as ilhotas, nas quais o inimigo oculto poderia mostrar-se de repente. Heyward, extremamente interessado nas belezas naturais do lago, começava a achar que suas apreensões eram vãs, quando os remos se imobilizaram de súbito a um sinal de Chingaguk. O índio levantou o braço, mostrando à pouca distância uma ilhota arborizada que parecia tão calma quanto as outras, mas acima da qual pairava uma tênue nuvem de fumaça.

— Que vamos decidir? — perguntou o caçador, inquieto. — Voltar, renunciando assim à perseguição aos Hurons?

— Isso nunca! — exclamou o coronel Munroe.

— Muito bem — continuou o caçador dando uma remada. — Também sou da mesma opinião que o senhor. Avancemos, pois, e se existirem índios ou franceses nesta ilha, ou noutra qualquer, veremos quem rema melhor.

Minutos depois, chegavam a um lugar de onde descortinavam a margem setentrional[33] da ilha.

— Lá estão! — disse o caçador. — Agora vê-se nitidamente a fumaça e, ainda por cima, duas canoas. Os patifes ainda não olharam para o nosso lado, senão já teríamos ouvido seu maldito grito de guerra. Vamos! Rememos, meus amigos. Já estamos bem longe deles e quase fora do alcance de um tiro.

Foi interrompido por um tiro de fuzil, e uma bala veio assobiar dentro d'água a alguns passos da canoa. Ouviram-se tremendos uivos na ilha e, quase no mesmo instante, vários selvagens lançaram-se aos barcos, entrando neles depressa, e puseram-se a persegui-los.

Os dois Moicanos ficaram impassíveis, mas apoiaram-se ainda mais nos remos, de modo que a embarcação deslizou célere sobre as águas.

— Chingaguk, mantenha-os à distância — disse Hókai, olhando calmamente sobre seu ombro. — Os Hurons nunca tiveram em toda a tribo um rifle com tal alcance e, quanto a mim, sei muito bem o caminho que pode percorrer a minha "longa carabina".

---

33 Região ao Norte. (N. do R.)

De repente, Uncas deu um grito de raiva, e mostrou-lhe a margem oriental do lago, de onde partia uma outra canoa de guerra que se dirigia até eles em linha reta. Na mesma hora, Hókai deixou a carabina e retomou o remo para ativar a marcha.

— Vamos inclina-los para o lado da terra — disse para os índios. — Ganhamos terreno aos patifes, mas poderiam manobrar de modo a embaraçar-nos no fim.

Quando os Hurons viram que a linha a qual seguiam estava deixando-os muito para trás dos fugitivos, estariam uma linha ainda mais oblíqua e, em breve, os dois botes estavam lado a lado, a uma distância aproximada de cem toesas um do outro. Houve, então, uma corrida de velocidade: cada um procurava tomar a frente do outro; um para atacar, outro para deles escapar. Os Hurons, sem dúvida, não abriram fogo logo devido à necessidade que tinham de remar; porém, tinham superioridade de número e aproximavam-se visivelmente.

— Vejo que um dos patifes largou o remo, e é claro que é para pegar o rifle — disse o caçador. — Um só ferido entre nós seria um desastre. Apoie o barco para a esquerda, Chingaguk, de modo a por essa ilha entre nós e eles.

O estratagema valeu. Enquanto bordejavam pela esquerda uma comprida ilha coberta de bosques, os Hurons, querendo manter-se na mesma direção, foram obrigados a tomar pela direita. O caçador e os companheiros não menosprezaram essa vantagem e, assim que ficaram fora do alcance do inimigo, redobraram os esforços para retomar a dianteira. Finalmente, os dois botes alcançaram, um após o outro, a ponta norte da ilha.

— Cuidado! — exclamou Heyward. — Preparem-se para abrir fogo.

A descarga dos Hurons ecoou como um trovão no lago, enquanto uma saraivada de balas rechinava aos ouvidos dos fugitivos. Os Moicanos, impassíveis, continuavam a remar sem tomarem conhecimento do que se passava em torno deles.

Hókai então pegou sua carabina e ergueu-a no alto da cabeça, como para debochar do inimigo. Os Hurons responderam a esse desafio com uivos de furor, logo seguidos de uma segunda descarga de mosquetes. Uma bala atingiu a canoa, e outras pode-se ouvir ao ricochetear em água, a pouca distância.

Hókai virou a cabeça para Heyward, dizendo-lhe sorridente:

— Os cães são obrigados a diminuir o número de remadores para poderem carregar e atacar; calculando por baixo, é visível que avançamos na proporção de três pés, enquanto não fazem mais que dois.

O major não participava dessa animadora certeza, mas teve de reconhecer que seu bote ganhara evidentemente algo sobre o do inimigo. Pela terceira vez, os Hurons abriram fogo, e uma bala acabou atingindo o remo do caçador a apenas duas polegadas de sua mão.

— É a sua vez — major disse, entregando-lhe o remo. — Tome o meu lugar por um momento enquanto os faço ouvir o estrondo de minha pólvora!

Rapidamente, travou da carabina e apontou num Huron que já o tinha sob mira. Atirou e o selvagem rolou, deixando cair o rifle dentro d'água. Os companheiros, abandonando os remos, agruparam-se em torno. Os três botes pararam.

Heyward e os Moicanos aproveitaram a ocasião para remar com maior vigor. Em pouco tempo, aumentado o intervalo, ficaram fora de alcance.

Naquele trecho, o lago alargava-se consideravelmente, e suas margens tornavam-se mais abruptas. As ilhas rareavam e eram fáceis de evitar. O prudente Chingaguk, em vez de bordejar a margem ocidental, na qual projetavam desembarcar, guiou o barco na direção das montanhas, atrás das quais Montcalm se refugiara com seu exército. Prosseguiram assim por muitas horas, e, por fim, desembocaram numa pequena baía da margem setentrional do lago. Os cinco homens desceram à terra, e o bote foi retirado para a praia. Hókai e Heyward subiram até uma colina vizinha onde o caçador, depois de contemplar com atenção as calmas águas do lago, mostrou ao major um ponto escuro que flutuava à altura de um enorme promontório distante dali, a algumas milhas.

— É uma canoa feita de boa cepa aquela em que estão esses astutos Mingos que têm sede do nosso sangue. Os patifes fingem pensar apenas na boia, mas assim que o Sol se pôr, estarão na nossa esteira como os mais espertos sabujos. É preciso dar-lhes o troco, senão não teremos êxito em nossa missão e o Raposa-Astuta escapará de nós.

Hókai desceu da colina e compartilhou de suas observações com os dois índios. Seguiu-se ligeira conversa em meio à qual decidiu-se abandonar aquele perigoso sítio na mesma hora. A canoa, levada para a praia, foi carregada nos ombros para o bosque onde o pequeno grupo penetrou com cuidado para não deixar rastros visíveis de sua passagem. Encontraram um regato que atravessaram e, a pouca distância, viram um enorme rochedo no qual era impossível deixar qualquer marca. Pararam ali por um momento, voltando em seguida até o regato cujas águas não eram profundas, mas davam para um bote. Embarcaram, descendo a correnteza até a foz, e entraram no lago. Um rochedo que se aproximava cada vez mais colocava-os ao abrigo do promontório, e a floresta estendia-se até a margem, de modo que era quase impossível serem descobertos de tão longe.

Resolveram, portanto, descansar um pouco até o crepúsculo.

Ao cair da noite, embarcaram de novo no bote e, favorecidos pelas trevas, forçaram os remos à margem ocidental. Essa costa era eriçada de altas montanhas, que pareciam abraçadas umas nas outras. No entanto, o olho sagaz de Chingaguk percebeu ali uma pequena enseada, para a qual guiou o barco com destreza.

Tiraram o bote para a praia, onde foi escondido num bosque com muito cuidado, no meio de um monte de urzes. Cada qual pegou as armas e munições, e o caçador informou a Munroe e Heyward que agora podiam dar início à busca.

10
A AVENTURA DE DAVID LA GAMME

Os viajantes chegaram à região estéril e montanhosa que separa os afluentes do lago Champlain dos outros que se vão lançar no Hudson — o Mohawk e o São Lourenço. Como já haviam palmilhado por mais de uma vez as montanhas e os vales desse vasto deserto, Hókai e os Moicanos precipitaram-se sem hesitar nas brenhas do bosque. Durante horas a fio, prosseguiram a marcha, ora guiados por uma estrela, ora acompanhando o curso de algum riacho. Afinal, o caçador propôs uma parada e, depois de confabular com os índios, permitiu-lhes acender o fogo. Tomaram as providências de hábito para ali passarem a noite. Munroe e Duncan, imitando os experientes companheiros, adormeceram sem apreensão, repousando tranquilamente até a manhã seguinte.

Quando puseram-se novamente a caminho, o Sol já dissipara a neblina, e esparzia uma claridade brilhante por toda a floresta. Após caminharem algumas milhas, Hókai começou a andar mais devagar e com maior cautela. Parava com frequência para examinar as moitas e não atravessava um regato sem observar a velocidade da correnteza, a profundidade e a limpidez da água. Desconfiado de seu próprio discernimento, interrogava muitas vezes a Chingaguk, a fim de saber sua opinião.

— Não é preciso ser feiticeiro — disse ao major — para adivinhar que Magua seguiria pelos vales e ficaria entre as águas do Hudson e do Horican, antes de atingir as nascentes dos rios do Canadá. No entanto, eis-nos aqui a pequena distância do lago Escarrão, e não encontramos sequer sinal de sua passagem. É possível que não estejamos na pista certa.

— Vamos voltar e examinar o terreno com mais cuidado — disse Duncan. — Será que Uncas não tem nenhum conselho para nos dar?

Pulando com a rapidez de um gamo, o jovem Moicano correu até uma pequena colina que não distava mais do que uma centena de passos dali, e parou com ar de triunfo num lugar em que a terra mostrava-se amassada pela passagem de algum animal.

— Olhar aqui — disse, mostrando algumas pegadas na direção norte. — Cabeleira negra avançar lado do frio.

Hókai veio juntar-se a ele no outeiro.

— Cão algum jamais achou tão linda pista! — disse, inclinando-se para o chão. — Veem-se até os passos dos dois cavalos de trote tão esquisito. Pé na estrada, amigos!

Mas o Raposa-Astuta não menosprezara inteiramente a astúcia de que os índios jamais deixam de lançar mão, quando batem em retirada diante do inimigo. De propósito, deixara rastros falsos todas as vezes que um regato ou a natureza do terreno o permitia, algo que, aliás, os dois Moicanos, que puseram-se à frente da coluna, não deixaram-se embair.

Pelo meio da tarde, após atravessarem o lago Escurrão, deram com um acampamento abandonado. Cinza remexida provava que ali se acendera fogo; os restos de um gamo estavam espalhados por aqui e por ali, e a erva cortada rente de duas árvores demonstrava que os cavalos estiveram amarrados nelas. Fato inexplicável, porém, era que as pegadas acabavam ali, de repente, e não iam mais além. Uncas embrenhou-se nas moitas e de lá voltou puxando os dois cavalos, cujos arreios arrebentados estavam em lamentável estado.

— Que pode significar isso? — perguntou Heyward, empalidecendo.

— Isso quer dizer que estamos quase chegando ao fim da viagem, e que estamos numa região inóspita — respondeu o caçador. — Não tivesse Magua se sentindo encurralado, não teria abandonado aqui os animais. Assim, preferiu desembaraçar-se deles. Ouvi dizer que os índios amigos dos franceses desceram até os bosques para caçar alces e não devemos estar a grande distância de seu acampamento. Aí estão os dois cavalos, mas que fim levaram os que os conduziam? É absolutamente necessário encontrar seus rastros.

Hókai e os Moicanos dedicaram-se seriamente a essa tarefa. Em volta do lugar onde o Raposa havia feito alto, traçaram um círculo imaginário de alguns pés, e cada um deles encarregou-se de examinar um setor. No entanto, nada puderam descobrir, apesar de minuciosas buscas. Por fim, Uncas teve a ideia de construir um pequeno dique de pedra e barro no regato que vinha de uma nascente próxima, desviando assim o seu curso. Seco o leito, viram surgir no fundo várias marcas de mocassins perfeitamente nítidas, porém todas idênticas, e muito profundas, como se várias pessoas ali tivessem pisado, sucessivamente. Fiando-se nessa inesperada pista, seguiram rapidamente o curso do regato. Ao cabo de uma hora, Hókai diminuiu sensivelmente a marcha e, em vez de prosseguir em frente com afoiteza, virava a cabeça para um lado e para o outro, como se suspeitasse de algum perigo nas vizinhanças.

— Estou farejando os Hurons — disse parando. — Lá embaixo o céu cobre-se de fumaça, por cima da copa daquelas árvores. Deve ser uma grande clareira onde os patifes devem ter montado acampamento. Chingaguk, suba até aquelas colinas da direita enquanto Uncas sobe pelas que margeiam o regato, e eu continuo a seguir a pista. Aquele de nós que vir qualquer coisa, avisará os demais com três gritos de corvo.

Os Moicanos partiram cada qual para um lado, e o caçador prosseguia a marcha em companhia dos dois oficiais. Esses últimos já haviam caminhado uma centena de passos e pararam de novo, emboscando-se numa moita, alarmados pelo ruído de passos que pareciam quebrar uns galhos à sua frente. Logo surgiu do bosque um índio, que deslizava por entre as árvores. Era impossível ver a expressão de seu rosto, que disfarçava-se sob a máscara de grotesca pintura; no entanto, parecia mais triste do que feroz. Tinha os cabelos raspados segundo o costume, e trazia no alto da cabeça três ou quatro velhas penas de falcão. Uma peça de pano roto cobria-lhe metade do corpo, deixando a nu suas pernas arranhadas pelas urzes.

— Não é um Huron — disse o caçador em voz baixa. — Nem mesmo pertence a qualquer tribo do Canadá. No entanto, vê-se pela roupa que pilhou um branco. Não possui nem faca, nem *tomahawk*. O único perigo que nos ameaça é o de avisar os companheiros. O patife tem pernas longas, e não se pode fiar nele. Mantenha-o na mira do rifle, enquanto dou uma volta para pegá-lo por trás sem molestar-lhe a pele.

Afastou-se, rastejando por entre as moitas. Segundos depois, viu Duncan que ele surgia silencioso por trás do índio, com as mãos estendidas para amordaçá-lo. Mas, em vez de agarrar a vítima pela goela, bateu de leve no seu ombro.

— Há trinta anos que vago por essas florestas — disse morrendo de rir —, mas nunca vi um índio tão mal vestido como esse aqui!

O major, aturdido, reconheceu por fim o velho companheiro David La Gamme, o professor de canto cuja inesperada presença anunciava indiretamente a das duas irmãs; cheio de esperança, correu para o valoroso homem enquanto Hókai fazia David rodar sobre os calcanhares a fim de examiná-lo mais à vontade, e jurava que o modo dele vestir-se muito honraria o gosto dos Hurons. Com efusão, apertaram os dois sua mão enquanto os Moicanos, atraídos pelo sinal do caçador, acorriam a manifestar a seu modo a alegria que os dominava.

— Estamos contentes de ver que nada de ruim lhe aconteceu — disse o major. — Mas o que houve com as duas moças?

— São prisioneiras dos Hurons — respondeu tristemente David —, e duvido que tenha chegado a hora de sua libertação. O cacique desses selvagens está dominado por um espírito mau, que só o poder onipotente do Céu poderá domar. Tudo tentei junto dele, mas nem a harmonia dos sons, nem a força das palavras parecem tocar-lhe a alma.

— E onde é que está o patife? — perguntou bruscamente o caçador.

— Hoje está caçando alces em companhia de seus jovens guerreiros. Amanhã, segundo estou informado, deverão penetrar mais fundo nas florestas para o lado do Canadá. A mais velha das irmãs está morando com uma tribo vizinha, cujas cabanas foram feitas além do grande rochedo negro que se vê lá embaixo. A outra ficou retida com as mulheres dos Hurons, que acamparam a duas milhas apenas daqui, no planalto.

— Minha pobre Alice! — exclamou Heyward. — Já não lhe resta nem mais o consolo de ter a irmã junto dela! Mas como é que lhe permitem sair sozinho, sem vigilância nenhuma?

— Nenhum mérito me assiste nessa circunstância — respondeu com humildade La Gamme. — Embora a declamação de salmos não me tenha valido muito no massacre do forte William-Henry, recuperou, entretanto sua influência aqui, na alma dos pagãos; é por isso que me deixam ir aonde bem me aprouver.

Hókai pôs-se a rir, tocando a fronte com o dedo num gesto expressivo e, olhando para o major, disse:

— Os índios jamais maltratam quem não tem *isso* — riu em voz baixa. — Olhe aqui, amigo, um brinquedo que achei e que lhe pertence. Tinha vontade de servir-me dele para acender fogo, mas como você se apega a ele, tome-o e que grande bem lhe faça!

David aceitou a clarineta com transportes de alegria, e imediatamente quis tocar alguma coisa. Tiveram muito trabalho para impedi-lo que flauteasse uma ária e para fazê-lo contar mais alguns detalhes de sua captura.

Então narrou ele que Magua ficou até o fim do massacre na colina para onde havia levado as duas prisioneiras. Pela metade do dia, tomou a estrada do Canadá, a oeste do Horican. Conhecendo perfeitamente a estrada e, por outro lado, sabendo que não se achava em perigo de uma perseguição imediata, não apressou o passo, limitando-se a apagar as pegadas em alguns sítios. Segundo a ingênua narrativa de David, parecia que sua presença era antes tolerada que desejada; mas o próprio Magua não estava isento dessa veneração supersticiosa com que os índios consideram os seres cujo entendimento agrada ao Grande Espírito obnubilar[34]. Quando a noite desceu, as maiores precauções foram tomadas, quer para pôr as duas prisioneiras ao abrigo do sereno, quer para impedir que viessem a fugir.

Ao chegarem ao acampamento dos Hurons, Magua, seguindo uma política que raramente um selvagem deixava de seguir, separou as duas prisioneiras. Cora foi entregue a uma tribo nômade que vivia num vale remoto. David, porém, ignorava demasiado a história e os costumes dos índios para poder dizer qual era o caráter desses e que nome tinham. Tudo o que sabia era que não haviam participado da expedição que se fizera contra o forte William-Henry e que, do mesmo modo que os Hurons, eram aliados de Montcalm.

Após uma primeira conferência, foi Hókai quem deu a primeira opinião:

— Eis que o melhor a se fazer: que esse cantor retorne aos índios, que informe às duas jovens que estamos nas proximidades, e que depois regresse sozinho a nós para combinarmos a hora em que deveremos lhe dar o sinal. Sendo músico, amigo, você pode bem distinguir o grito de um corvo do canto de um curiango, não?

— Perfeitamente — respondeu David, um pouco vexado. — As duas notas agudas do curiango, apesar de malcompassadas, não são desagradáveis ao ouvido.

— Bem, como o seu canto lhe agrada, então nos servirá de sinal. Quando ouvir o curiango cantar três vezes, nem mais, nem menos, você deve lembrar-se de vir até o bosque, no lugar onde crer havê-lo escutado.

— Um momento — disse Heyward. — Eu o acompanharei.

— O senhor?! — exclamou Hókai, surpreso. — Já está cansado de viver?

O caçador olhou-o com ar recriminador, porém Duncan insistiu:

---
34 Tornar obscuro. (N. do R.)

— Sabe dos meios para disfarçar-me; portanto, pinte-me todo de tatuagens, da cabeça aos pés, tornando-me irreconhecível; encarregarei me do resto...

O caçador abanou a cabeça.

— Escute — disse Duncan —, pelo que acaba de contar esse valoroso homem, Cora deve estar prisioneira da tribo que é a nova aliada de Montcalm, os Delawares. Alice, por conseguinte, está nas mãos de nossos declarados inimigos, os Hurons. Libertá-la é, pois, a única parte mais perigosa e mais difícil de nossa empresa, e desejo lançar-me à aventura. Enquanto negocia com seus amigos a libertação de uma, tentarei por todos os meios fazer com que a outra fuja.

Era difícil resistir ao ardor marcial do jovem major. Hókai acabou por ceder:

— Então vamos! — disse sorrindo. — Quando um cervo quer jogar-se na água, é preciso ficar de frente para impedi-lo, e não persegui-lo pelas costas. Chingaguk traz no alforge todas as cores necessárias para pintar o corpo de um índio que se arrisca pelos ínvios caminhos da guerra. Sabe servir-se delas com arte. Sente-se neste tronco e aposto minha vida que, dentro em pouco, terá feito do senhor um Huron tão parecido quanto o puder desejar.

Chingaguk tirou os pincéis, misturou as cores e pôs-se logo a trabalhar. Poucos minutos depois, o jovem major estava metamorfoseado num desses jograis vagabundos que mascateiam entre as tribos aliadas.

Quando viu que nada mais faltava à pintura, o caçador deu-lhe instruções sobre a maneira como deveria conduzir- se entre os Hurons. Por fim, combinaram os sinais e o lugar onde deveriam reunir-se, em caso de êxito dessa ou daquela parte.

A separação do coronel Munroe e seu jovem amigo foi dolorosa, e o veterano a ela submeteu-se muito a contragosto. O caçador tomou então o major à parte, e confessou-lhe que tinha a intenção de deixar o velho em qualquer abrigo seguro, sob a guarda de Chingaguk, enquanto que Uncas e ele iriam tomar informações a respeito da tribo dos Delawares que retinha Cora prisioneira. Heyward apertou-lhe a mão e fez sinal a David, para que se juntasse a ele, deixando os amigos.

A estrada que o professor de canto fê-lo tomar atravessava a clareira, contornava um belo lago habitado por uma colônia de castores, e sumia-se num denso bosque. O dia que começava a declinar aumentava o aspecto sombrio e selvagem daquele ermo, mas os dois homens prosseguiam corajosamente, sem tomar conhecimento das ameaças ocultas que os cercavam. Meia hora de marcha levou-os até uma outra clareira, cruzada por um regato, onde erguiam-se umas sessenta cabanas toscamente construídas, com troncos de árvore, galhos e barro.

— Aqui estamos — disse David, estendendo a mão. — Está pronto para enfrentar esses selvagens?

— Avancemos — foi só o que respondeu Heyward.

11
NA BOCA DO LOBO

Heyward e David acharam-se de repente no meio de alguns meninos que brincavam, sem que nenhum deles percebesse a sua presença. Assim que foram vistos, porém, todo o bando deu uns gritos estridentes e sumiu como por encanto. Alertados pelo barulho, uma dúzia de guerreiros surgiu à porta de uma enorme cabana, que devia servir de sala de conselho.

David, já familiarizado com tais cenas, foi o primeiro que avançou, transpondo o umbral[35] com bastante segurança. Duncan seguiu passo a passo o companheiro, esforçando-se por mostrar-se alegre; seu coração quase parou de bater quando raspou nos gigantescos guerreiros que guardavam a entrada; mas, afinal, chegou a dominar sua emoção caminhando até o centro da cabana, onde, seguindo o exemplo de David, sentou-se num feixe de galhos que servia de banco.

Os selvagens, por sua vez, entraram e puseram-se em redor deles, em silêncio. Alguns encostaram-se indiferentes nos troncos de árvores que serviam de arrimos da grotesca construção. Os mais velhos sentaram-se na frente, com o olhar fixo nos recém-chegados. Uma tocha fumegante iluminava o antro, dando um reflexo esbraseado no rosto macerado dos índios. Após longa pausa, durante a qual se entreolhavam, um dos caciques levantou-se e dirigiu-se a Heyward em dialeto huron. Sua fala era ininteligível ao major que, entretanto, notou o seu tom de cortesia.

— Ficaria muito vexado de ver — disse ele em francês —, que nesta valente e sábia nação não se encontra ninguém que entenda a língua da qual se serve o Grande Monarca quando fala a seus filhos. Sentiria um peso no peito se pensasse que seus guerreiros vermelhos têm tão pouco respeito por ele.

---
35 Entrada; local por onde se entra. (N. do R.)

Seguiu-se uma longa pausa; as fisionomias continuavam graves, impassíveis: nem um gesto, nem um piscar de olhos indicou que a observação tivesse produzido qualquer efeito. Duncan achou prudente não insistir. Por fim, um velho guerreiro tomou a palavra e, em tom seco, perguntou-lhe no jargão francês do Canadá:

— Quando nosso pai, o Grande Monarca, fala a seu povo, serve-se da língua dos Hurons?

— Ele fala a todos na mesma língua — respondeu Heyward. — Ele não faz nenhuma distinção entre seus filhos, não importa qual seja a cor de sua pele, seja vermelha, branca ou preta. Mas, tem especial estima pelos bravos Hurons.

— E de que modo irá ele falar — continuou o cacique — quando lhe mostrarem as cabeleiras que, há cinco noites, enfeitavam os crânios dos ingleses?

— Os ingleses eram seus inimigos — respondeu Duncan, com um tremor íntimo —, e ele dirá: "Está muito bem, meus Hurons foram valentes, como sempre são!"

— Nosso pai do Canadá não pensa desse modo. Em vez de olhar para frente, para recompensar seus índios, lança os olhos para trás, vendo os ingleses que morreram e não os Hurons. Que quer isso dizer?

— Um grande chefe como ele tem mais ideias do que palavras. Quando lança a vista para trás é para ver se nenhum inimigo está seguindo suas pegadas.

— A canoa de um inimigo morto não pode flutuar nas águas do Huron — respondeu o Huron, com ar triste. — Seus ouvidos estão abertos aos Delawares, que não são nossos amigos, e que os enchem de mentiras.

— Isso pode ser. Enviou a mim, que sou instruído na arte de curar até os filhos dos Hurons dos Grandes Lagos, para perguntar se estavam doentes.

Novo silêncio, profundo como o primeiro, seguiu-se a essa declaração. O velho Huron retomou a palavra:

— Desde quando os homens hábeis do Canadá tingem a pele? — Perguntou friamente. — Entretanto, nós já os vimos gabaram-se de terem a cara pálida...

— Quando um cacique índio vem até os seus pais brancos — respondeu Heyward —, despe a roupa de búfalo para vestir a camisa que lhe dão: meus irmãos índios pintaram-me desse jeito, e é por afeição a eles que fico assim...

Um murmúrio de aprovação acolheu esse elogio. O chefe estendeu as mãos com um gesto de satisfação, no que foi imitado pela maioria dos companheiros. Duncan já começava a respirar melhor quando um grito agudo e prolongado fez-se ouvir de repente na floresta.

Da orla da clareira surgiu uma enorme fila de guerreiros, que precipitaram-se na direção das cabanas. À frente vinha um guerreiro com uma vara na ponta da qual viam-se suspensas diversas cabeleiras ainda sangrando. Um deles separou-se do grupo para anunciar a vitória que acabava de ser conquistada; com voz solene, fez a chamada dos mortos. Em pouco tempo, todo o acampamento tornou-se palco de tumulto e confusão. Os guerreiros brandiam no ar as facas e, em fila dupla, formavam uma linha que se estendia até a porta da cabana do conselho. Mulheres pegaram porretes e colocaram-se em fila atrás deles, para tomar parte no cruel festim que ia realizar-se. Os filhos arrancaram os *tomahawks* da cintura de seus pais e meteram-se no meio dos guerreiros. Algumas velhas puseram fogo em montes de mato feitos na clareira.

Os Hurons jogaram à frente dois homens que pareciam destinados a fazer o papel de vítimas. A luz não era bastante forte para que Heyward pudesse distinguir seus traços, mas sua fisionomia denunciava-os visivelmente. Um deles tinha o porte erecto, o aspecto firme, e parecia cumprir o seu fado corajosamente; o outro baixava a cabeça, e suas pernas tremiam, como se fora vencido pela vergonha ou paralisado pelo terror.

Ao grito agudo, que era o sinal do embate fatal, seguiu- se uma série de uivos estrepitosos[36]. Uma das duas vítimas ficou no lugar enquanto a outra saltava à frente com uma ligeireza impressionante. Penetrou na ala formada pelos inimigos e, antes que se tivesse tempo para dar-lhe um só golpe, saltou por sobre as cabeças de dois meninos, afastando-se rapidamente dos Hurons, com desvios bruscos. O ar encheu-se de imprecações e as filas romperam-se, cada qual correndo por um lado.

O fugitivo precipitou-se para a floresta, mas, indo de encontro aos guerreiros que o haviam capturado, foi obrigado a voltar ao centro da clareira. De um só pulo, transpôs um enorme monte de mato em brasa, passou com a rapidez de uma flecha por um grupo de mulheres, e logo depois reapareceu do outro lado do acampamento onde se viu barrado por outros Hurons. Refugiou-se então no lugar mais escuro da clareira, e Duncan perdeu-o de vista. Não se podia distinguir nada além de uma massa confusa de silhuetas que galopavam por entre as cabanas à luz avermelhada das fogueiras. Os gritos lancinantes das mulheres e os uivos dos guerreiros enchiam a floresta de ecos assustadores. De repente, tudo pareceu acalmar-se como por encanto. Heyward entreviu ao longe, levado até o centro da praça pela multidão ondulante, o prisioneiro esgotado de cansaço, que mal conseguia respirar, mas que reprimia com altivez qualquer sinal que pudesse denotar sofrimento ou medo. Passara o braço em torno do totem sagrado que, desse modo, assegurava-lhe proteção. Um costume imemorial, com efeito, interditava tocar-se no indivíduo até que o conselho da tribo deliberasse sobre sua morte. No entanto, não era difícil prever qual seria o resultado dessa deliberação.

Uma velha que cuidara de acender o fogo na clareira abriu caminho até ele, apostrofando-o em delaware:

— Escutar — disse com um sorriso de deboche —, tua nação ser raça de mulheres, enxada ficar melhor tuas mãos que fuzil. Esposas só dar luz cervos; se serpente ou gato selvagem nascer entre teus, fu-

---

[36] Ruidosos; barulhentos. (N. do R.)

gir todos. Filhas dos Hurons ir fazer saias enquanto nós ir procurar marido para ti.

Grandes gargalhadas acolheram esses sarcasmos. O estranho nem se mexeu: levantou a altiva cabeça e, de quando em quando, lançava um olhar de desprezo aos que o azucrinavam. A um dado momento, o clarão palpitante das chamas iluminou-lhe nitidamente o rosto: Duncan, estupefato, reconheceu a fisionomia de Uncas. O jovem fixou o olhar no major, como que para dizer-lhe que ficasse quieto.

Um guerreiro abriu brutalmente caminho por entre a turba, pegando Uncas pelo braço e fazendo-o entrar na cabana grande. Os caciques entraram atrás, e Heyward, aproveitando-se da confusão geral, conseguiu imiscuir-se entre eles sem ser percebido e sem atrair atenção.

Quando todos tomaram o lugar que lhes cabia, profundo silêncio se fez na assembleia. Um velho cacique de cabelos grisalhos dirigiu então a palavra a Uncas:

— Delaware, embora ser de nação de mulheres, provar que ser homem. De bom grado mim te dar de comer, mas quem comer com Huron ficar seu amigo. Tu descansar até Sol nascer, então saber qual sentença do conselho.

— Mim jejuar sete dias seguir rastro dos Hurons — replicou Uncas. — Filhos dos Lenapes saber percorrer caminho da justiça sem parar para comer.

— Dois guerreiros meus perseguir teu companheiro — retrucou o velho cacique, sem prestar atenção na bravata de Uncas. — Assim que eles voltar, voz dos sábios do conselho dizer: "Viva ou morra!"

— Então Hurons não ter ouvidos? — exclamou o jovem Moicano. — Delaware ouvir desde que ser preso duas vezes tiro de carabina bem conhecido. Guerreiros Hurons nunca mais voltar.

Um silêncio de alguns minutos seguiu-se a essa afirmação, que fazia alusão à carabina de Hókai. Duncan, inquieto, esticou o pescoço para ver que efeito causava a nova. O cacique, porém, contentou-se em dizer:

— Se Lenapes ser muito hábeis, por que bravo guerreiro deles estar aqui?

— Porque seguir rastro de um velhaco que ir fugir, e cair na armadilha.

E com o dedo apontou o Huron solitário a um canto, que tão covardemente fugira à prova da corrida. Os circunstantes murmuraram longamente e o cacique estendeu o braço para acalmá-los, voltando-se para o acusado:

— Caniço-Flexível, embora Grande-Espírito te ter dado forma agradável, melhor ser não ter nascido. Língua tua falar demais na luta. Guerreiro nenhum meu enfiar *tomahawk* mais fundo no poste de guerra, mas nenhum deles atacar mais fraco os ingleses. Nossos inimigos conhecer forma teu dorso, mas nunca ver cor de olhos teus. Três vezes eles apelar tu combater eles, três vezes tu recusar atender. Já não ser mais digno nossa nação, teu nome nela ninguém dizer mais, já estar esquecido...

O desgraçado levantou-se e, pondo o peito a descoberto, olhou sem tremer o punhal que já brilhava na mão do juiz. Chegou mesmo a sorrir no momento em que o instrumento de morte penetrou lentamente seu coração. Por fim, caiu exangue[37] aos pés de Uncas.

Um velho deu um grito lancinante e apagou a tocha, jogando-a ao chão. A escuridão tomou conta da cabana, enquanto a turba se retirava pouco a pouco, sem atropelo.

---

37 Drenado de sangue. (N. do R.)

12
A CAVERNA DOS HURONS

No momento em que Heyward ia saindo, uma mão agarrou-o pelo braço na escuridão. Reconheceu Uncas que cochichou ao seu ouvido:

— Hurons ser uns cães. Sangue dum covarde jamais poder fazer tremer guerreiro. Coronel Munroe e Chingaguk estar em segurança, carabina de Hókai não dormir. Você sair daqui: Uncas e Mão-Aberta devem parecer estranhos. Nem mais uma palavra!

Duncan queria saber mais, porém devagar, mas com decididamente, o amigo empurrou-o para a saída. Misturou-se então à turba que se movia por entre as cabanas, à luz mortiça das fogueiras, e pôs-se à cata de David La Gamme, que perdera de vista durante a caça ao homem. O professor de canto, no entanto, continuava sumido. Alguns homens levaram o cadáver que jazia aos pés de Uncas para darem-lhe uma sepultura no bosque; depois, a calma invadiu o acampamento. Velhos e guerreiros de novo se reuniram na cabana grande para discutirem a expedição ao forte William-Henry. O major, sempre à espreita de alguma informação que revelasse o esconderijo de Alice, ali penetrou com prudência, indo retomar seu lugar no canto mais escuro. Um velho cacique a seu lado dirigiu-lhe a palavra em francês:

— Meu pai do Canadá não esquece seus filhos, e por isso lhe sou grato. Um espírito mau está com a mulher de um dos meus jovens guerreiros. Será que o sábio forasteiro poderia livrá-la?

Heyward conhecia os ritos que praticavam os charlatães indígenas quando acham que um espírito mau se apoderou de alguém de sua tribo. Com o ar misterioso que cabia ao seu papel, respondeu:

— Há espíritos de várias espécies: uns cedem ao poder da sabedoria, outros resistem-no.

— Meu irmão é um grande feiticeiro; tentará, não?

O velho Huron dispunha-se a suspender a sessão, quando um guerreiro de alta estatura entrou na cabana, vindo sentar-se em silêncio no feixe de gravetos que servia de banco a Heyward. Este voltou ligeiramente a cabeça, e não pôde conter um tremor ao reconhecer Magua.

Os índios acenderam os cachimbos para prosseguirem na discussão. Um deles dirigiu-se ao recém-chegado:

— Magua encontrar alces?

— Meus jovens guerreiros dobrarão o peso deles — respondeu Magua. Ser preciso alguém ir ao seu encontro para ajudar eles.

— Delawares — informou-lhe o velho cacique — estar rondando vizinhanças como ursos em busca de colmeias cheias de mel. Mas quem ser que já pegou um Huron dormindo?

Uma sombra sinistra passou pela fronte de Magua.

— Os Delawares dos Lagos? — perguntou.

— Não. Os outros que vestir saia de mulher e habitar margens do rio mesmo nome. Um deles chegar até nós.

— E guerreiros nossos não arrancar ele cabeleira?

— Não — respondeu o cacique, apontando para Uncas, sempre firme e imóvel entre os laços. — Suas pernas ser boas, mas ter braço melhor para enxada que *tomahawk*.

— Gamo-Ligeiro! — Exclamou Magua, com uma alegria feroz ao ver o prisioneiro.

Ao ouvirem esse nome muito conhecido, todos os guerreiros levantaram-se resmungando e com o olhar fixo no prisioneiro, aquele inimigo cuja bravura fora fatal a tantos guerreiros de sua nação.

Uncas rejubilava-se com sua surpresa, considerando-os com desprezo. Magua percebeu isso e acercou-se dele, cerrando os punhos.

— Moicano dever morrer!

— Águas da fonte da saúde não ressuscitar vida de Hurons mortos na montanha — respondeu Uncas impassível. — Seus ossos virar cinzas. Os Hurons ser mulherzinhas e suas esposas, umas corujas. Ir! Pode reunir todos os cães dos Hurons para ver como morrer guerreiro de verdade!

Os selvagens, desesperados, quiseram cair em cima dele, mas Magua interveio com autoridade e contou-lhes tudo o que se passara no ataque do rochedo do Glenn: a morte dos companheiros e o modo pelo qual o inimigo havia fugido. Depois, pintou a situação da pequena montanha na qual se refugiara com as prisioneiras que lhe caíram nas mãos, porém, não mencionou *uma* palavra do bárbaro suplício que lhes queria infligir. Rapidamente, passou ao ataque súbito do Longa-Carabina, Chingaguk e Uncas, que haviam massacrado seus companheiros, deixado-o como morto.

Novos uivos de furor acolheram essa narrativa.

— Não, ninguém tocar nele por ora — ordenou Magua. — Preciso Sol queimar seu pudor, preciso mulheres ver sua carne tremer e tomar parte seu suplício, sem que nossa vingança ser mero brinquedo. Levar ele à morada das trevas e do silêncio. Nós ver se um Delaware poder dormir hoje e morrer em paz amanhã.

Jovens guerreiros, então, agarraram o prisioneiro, garroteando-o com laços de cortiça, e empurraram-no violentamente na direção da porta. Uncas ia com passo firme e, antes de sair, lançou ao círculo de inimigos um olhar altivo e desdenhoso. Pela segunda vez, seus olhos cruzaram com os de Duncan, que acreditou ler neles que nem toda esperança estava perdida. Magua retirou-se, por sua vez, satisfeito com o sucesso, e para grande alívio de Heyward, que a todo momento temia ser reconhecido. O velho cacique de repente virou-se para ele, enquanto os guerreiros, aplacados, acendiam os seus cachimbos.

— Um dos nossos vai acompanhar o grande feiticeiro à cabana da mulher enferma — disse ao jovem major. — Que vá e a cure o mais ligeiro!

Um índio calado levou Heyward para a colina que dominava o acampamento dos Hurons. Depois de seguirem por um trilho estreito e sinuoso, deram numa alameda de pinheiros, que levava a um enorme contraforte. A pálida luz que ainda bruxuleava nas fogueiras permitiu que Heyward visse uma enorme massa escura, que caminhava barrando sua passagem a pouca distância. Um ligeiro crepitar de chamas nitidamente iluminava a cena: reconheceu, então, com horror, que aquela massa era um urso de enorme tamanho, a gingar o corpo no meio da alameda grunhindo de modo ameaçador. O animal, porém, não dava nenhum sinal de hostilidade: ao aproximarem-se, recuou para as moitas e sentou-se muito quieto nos traseiros. O major, lembrando-se que os índios muitas vezes domesticavam essas feras, seguiu o companheiro que passava em frente ao urso sem lhe dar a menor atenção. Entrementes, experimentou um certo mal-estar quando viu que a enorme fera lhes atropelava os passos. Ia prevenir o índio, quando este abriu a entrada de uma caverna cavada no flanco da colina. Heyward achou-se no interior de um corredor estreito e escuro, no fundo do qual brilhava uma leve claridade. O urso sempre seguindo atrás deles. Afinal, foram dar numa ampla sala subterrânea, dividida por tabiques de ramagens e que servia de depósito de armas e provisões dos Hurons. A enferma repousava num compartimento, deitada numa cama de folhas secas. Um grupo de mulheres rodeava-a e, no meio delas, reconheceu Heyward o seu amigo David La Gamme.

Um só olhar bastou para dizer ao falso feiticeiro que o estado da doente era desesperador. Jazia completamente paralítica, sem mexer-se e nem falar. Ia Heyward dar início, muito a contragosto, aos sortilégios mágicos, quando o professor de canto interrompeu com um gesto solene:

— Primeiro, vamos experimentar na infeliz criatura o efeito da minha salmodia — declarou pegando da clarineta.

E pôs-se a cantar com um ardor que operaria um milagre mesmo, sem contar com o seu fervor. Ninguém o interrompeu: os índios achavam que sua fraqueza de espírito colocava-o sob a proteção imediata do Céu. Quando chegava à última estrofe, uma voz sepulcral elevou-se do fundo da caverna como para acompanhá-lo. Heyward, espantado, virou-se: o urso estava num canto, balançando-se pesadamente para um lado e para o outro, imitando com seu grunhido surdo a melodia do cantor.

David parou na mesma hora, com os olhos arregalados e a boca escancarada, arrebatado de louco terror. Fugiu a toda a brida[38], abandonando o auditório. O Huron que acompanhava Heyward deu de ombros, fazendo sinal para que as mulheres saíssem. Depois, virou-se para Duncan e disse:

— Agora, meu irmão, mostrar seu poder!

Preparou-se então Heyward para imitar os ritos esquisitos usados pelos feiticeiros índios, mas foi interrompido pelo urso, que pôs-se a grunhir de maneira horrível.

— Sábios ser ciumentos — disse o Huron. — Sempre querer estar sós. Meu irmão, essa mulher ser esposa um dos nossos mais valentes guerreiros. Você tentar sem demora expulsar espírito que atormentar ela. Mim vai sair.

Assim que o ruído de seus passos sumiu, o urso avançou devagar para Heyward e levantou-se nas patas traseiras. Duncan, aterrorizado, recuou para pegar uma arma perto dele, porém o animal pôs a cabeça entre as garras, sacudindo-a com força e, sem mais nem menos, retirou-a de entre os ombros como se tira um chapéu. Em seu lugar, apareceu então o rosto franco de Hókai, com um sorriso largo e silencioso.

— Psiu! — fez ele baixinho. — Os patifes não estão muito longe: se ouvirem vozes estranhas, caem em cima de nós.

— Que significa essa farsa toda? — perguntou o major entre o riso e a estupefação.

O caçador então narrou sua história. Depois que deixou o coronel Munroe em lugar seguro junto à lagoa dos castores, sob a guarda de Chingaguk, ele e Uncas puseram-se a caminho, conforme haviam combinado, para fazer um reconhecimento do outro acampamento. O jovem Moicano, muito impetuoso, caiu numa emboscada ao per-

---

38 Fugir a toda brida: com muita pressa. (N. do R.)

seguir um Huron que fugia como um covarde. Vendo que seu companheiro fora preso, Hókai seguiu o grupo com toda a precaução, e a sorte de uma escaramuça fê-lo cair sobre um mágico indígena que ia vestir a cabeça de urso para divertir a tribo. Espancou-o e apropriou-se do disfarce, o que permitiu-lhe penetrar furtivamente no acampamento sem despertar a menor suspeita. O major congratulou-se com ele, e confessou o fracasso de suas buscas.

— Visitei todas as cabanas dos Hurons, e não descobri nenhum indício que pudesse me fazer acreditar que a filha mais nova do coronel Munroe estivesse neste acampamento.

— As índias há pouco falavam nela — asseverou Hókai. — A moça está aqui mesmo na caverna, à nossa espera.

Debalde exploraram todos os subterrâneos, e enfiaram-se numa segunda passagem, ainda mais estreita do que a primeira, que ia dar numa outra parte da caverna. Viam-se ali armazenados os objetos que os índios haviam pilhado no forte William-Henry: o chão estava coberto de armas, roupas, tecidos, malas e embrulhos de todo tipo. No meio dessa confusão descobriram finalmente Alice, pálida e aterrorizada, mas sempre encantadora...

— Duncan! — exclamou ao ver o jovem major. — Ah! Eu sabia que você jamais me abandonaria...

O caçador deixou-os a sós nos braços um do outro, e foi dar uma busca na outra sala da caverna. O major, tomando com firmeza a moça nos braços, disse-lhe:

— Agora, Alice, verá que sua libertação depende muito de você. Com a ajuda de Hókai, conseguiremos escapar dessa ratoeira, mas é preciso que se arme de toda a sua coragem. Pense em seu pai, que a espera a qualquer momento.

Um ruído de passos fez-se ouvir de leve atrás deles. O major, pensando que se tratasse do caçador, não incomodou-se, mas quando viu de repente o rosto de Alice crispar-se de medo, virou-se tremendo e deu de cara com o olhar selvagem de Magua, que brilhava com uma alegria demoníaca.

O índio olhou para os dois com ar ameaçador, e jogou um tronco de madeira numa outra saída que não aquela por onde entrara Duncan. Este, desarmado, nada podia fazer contra o *tomahawk* e a faca do índio. Vendo-se sem recurso, apertou Alice de encontro ao peito decidido a defendê-la até o último alento. Magua, aproximando-se deles, falou em inglês:

— Caras-Pálidas saber pegar esperto castor na armadilha, mas Peles-Vermelhas saber prender Caras-Pálidas?

— Miserável! Podes fazer de mim tudo o que quiseres — exclamou o major ao mesmo tempo que protegia Alice com o corpo —, mas proíbo-te de tocares na moça.

— Oficial inglês falar assim quando ficar amarrado no poste? — perguntou Magua cheio de ironia.

— Claro! Não só em tua presença, mas perante toda a tribo! — exclamou Heyward.

— Raposa-Astuta ser grande cacique. Nesse caso ir buscar seus jovens guerreiros para ver bravura do Cara-Pálida nas torturas.

No momento em que, fazendo meia-volta, ia em direção do corredor por onde Heyward e o caçador haviam entrado, eis que surge o urso de repente diante dele, barrando com seu enorme corpo a saída. Magua explodiu numa gargalhada, pois logo à primeira vista reconhecera o disfarce do mágico. O longo trato que tivera com os ingleses libertara-o em parte das superstições vulgares de sua tribo, de modo que não nutria grande respeito por esses falsos feiticeiros. Fez um gesto para afastá-lo com desprezo, porém o urso grunhiu e assumiu uma atitude ameaçadora.

— Bobo! — exclamou o Huron. — Ir fazer medo nas mulheres e crianças, e não atrapalhar homens de fazer seus negócios.

Levantou a mão para bater no urso, mas este abriu os braços e atirou-se sobre ele. Magua, paralizado, caiu ao chão. Heyward pegou uma correia que amarrava as caixas e enrolou o índio da cabeça aos pés, com os braços colados ao corpo. Magua, furioso, não havia aberto a boca durante toda a porfia, mas, no momento em que o urso arrancou o disfarce, mostrando a cara debochada de Hokai, deixou sair um grito de surpresa.

— Ah! Então achaste a língua! — disse calmamente o caçador. — Foi bom saber. Só há uma pequena precaução a tomar para impedir-te de nos amolar.

E num abrir e fechar de olhos, amordaçou-o sem dar conta de que quase o sufocava.

— Como foi que o patife entrou aqui? — perguntou depois ao major. — Ninguém penetrou pela outra gruta...

Heyward então mostrou-lhe a saída encoberta sob um montão de caixas e galhos.

— Não temos tempo a perder — disse o caçador. — Vamos sair pelo corredor e tratar de alcançar o bosque. Envolva a moça nesse manto feito para as esposas dos Hurons, cobrindo-lhe a cabeça com cuidado. Carregue-a nos braços como se fosse uma doente.

Deu essas instruções em voz baixa, quando passava da segunda gruta à primeira. Do lado de fora, a turba impaciente aguardava o milagre da cura. De repente, a porta se abriu e primeiro saiu o urso, desempenhando às maravilhas o papel de mágico disfarçado. Duncan, que o seguia passo a passo, foi cercado por um punhado de curiosos.

— Será que meu irmão conseguiu derrotar o espírito mau? — perguntou o velho cacique. — Que leva nos braços?

— A mulher enferma — respondeu Duncan, sério. — Tirei o mal de seu corpo e o tranquei nesta caverna. Agora vou levar sua filha até a floresta para dar-lhe de beber o sumo de uma raiz que conheço, e que só faz efeito ao ar puro, em completa solidão. É o único meio de pô-la a salvo de novo ataque do espírito mau. Antes do pôr do sol, será trazida de volta à cabana do esposo.

O velho cacique traduziu para os selvagens o que Duncan acabava de dizer em francês, e suas palavras foram recebidas com um grande murmúrio de satisfação.

Aflito para arrebatar os amigos de uma curiosidade que podia tornar-se perigosa, Hókai empurrou vigorosamente o major por um atalho atrás das cabanas. Cinco minutos depois, estavam em segurança em plena floresta. Alice, revigorada pelo ar puro, insistiu em caminhar sozinha. O caçador fê-los transpor uma boa milha pelos tenebrosos matos e por fim parou, achando que já estavam bem longe do acampamento dos Hurons. Na escuridão dos bosques, desenhava-se vagamente uma estrada.

— Este atalho os levará a um regato — disse a Duncan. — Sigam o seu curso até chegarem a uma cachoeira, onde, numa colina que fica do lado direito, encontrarão uma tribo. É preciso chegarem lá pedindo sua proteção. São genuínos Delawares que não lhes recusarão nada. É impossível fugir no momento com essa moça: os Hurons seguiriam as pegadas e, ao cabo de uma légua, iriam pegá-las novamente. Vão, e que a Providência vele por vocês!

— Mas... e o senhor? — indagou Heyward surpreso. — Então nos separamos aqui?

— Os Hurons têm prisioneiro aquele que é a glória dos Delawares — respondeu o caçador. — Não é possível que derramem a última gota do sangue dos Moicanos: farei tudo o que estiver ao meu alcance para salvar meu jovem amigo.

Nada podia demovê-lo de sua decisão. Depois de apertar calorosamente a mão dos amigos, Hókai fez meia-volta e retomou a estrada que o levaria até a clareira dos Hurons. Por um instante, Alice e Duncan acompanharam-no com o olhar, depois perdendo-o de vista na escuridão.

— Seguindo as instruções, dirigiram-se vagarosamente para o acampamento dos Delawares.

13
O DEVOTAMENTO DE DAVID LA GAMME

Penetrando na clareira, Hókai redobrou o cuidado e retomou o passo cadenciado do urso. A pouca distância, avistou uma cabana em ruínas, cujas frestas deixavam filtrar a luz. Acercou-se e meteu um olho entre as fendas: viu a silhueta do professor de canto que meditava junto de uma pequena fogueira quase apagada, por ele alimentada apenas com umas fasquias.

Parecia totalmente prostrado, olhando a esmo com lassidão. Sua roupa não se alterara em nada, a não ser que na cabeça trazia um chapéu de forma triangular, que não despertara a cobiça de nenhum Huron. O caçador, sem fazer o menor ruído, penetrou na cabana, indo sentar-se de cócoras em frente ao piedoso personagem. Ao ver o monstro, David deu um salto e pegou na clarineta com a intenção de tocar uma ária que espantasse o fantasma.

— Para trás, demônio! — gritou enquanto firmava os óculos na vista com a mão trêmula.

O urso sacudiu-se de tanto rir e falou:

— Guarde o brinquedo no bolso e não dê tratos aos gorgomilos[39]: cinco palavras em bom inglês bastarão para nosso entendimento.

— Quem sois? — perguntou David, quase perdendo o fôlego.

Hókai despiu-se da cabeça de urso para tranquilizar completamente o companheiro.

— Mas... não é possível! — exclamou David, respirando mais à vontade. — Desde que convivo com os selvagens que tenho visto muita maravilha; nunca, porém, um prodígio de transformação igual a esse. Mas, o que aconteceu com a moça e o tenente Heyward?

---

39 Não dar tratos aos gorgomilos: não gritar. (N. do R.)

— Felizmente, estão ambos ao abrigo dos *tomahawks* desses patifes. Mas... será que não pode pôr me na pista de Uncas?

— Está preso, e tenho muito medo de que sua morte já tenha sido decretada.

— Pode levar-me até junto dele?

— Não será muito difícil, mas não se esqueça o senhor de que ele está muito vigiado.

— Então, mostre-me o caminho.

Hókai, repondo a cabeça de urso, acompanhou David até o acampamento adormecido. Era muito difícil para qualquer um aproximar-se sem ser visto da cabana onde Uncas estava encerrado. De modo que, para não despertar as suspeitas dos guardas acocorados à entrada, os dois homens, protegidos pelos disfarces, para ali dirigiram-se resolutos.

Os guardas, vendo La Gamme aproximar-se junto com o urso, que consideravam como um de seus mais hábeis mágicos, deixaram-nos passar livremente. A cabana era iluminada apenas por alguns tições em brasa. Uncas estava só, sentado num canto com as costas na parede e com as mãos e os pés cuidadosamente atados.

O caçador deixara David na porta para certificar-se de que ninguém os espreitava, e achou melhor conservar seu disfarce. Ao primeiro olhar, o jovem Moicano não percebeu a trapaça, e virou a cabeça com ar de desprezo. Mas, quando um longo assobio o fez sobressaltar-se, olhou para o urso muito espantado e compreendeu tudo imediatamente. David La Gamme entrava na cabana fazendo sinal de que tudo ia bem do lado de fora.

— Vamos cortar os laços — disse-lhe o caçador, em voz baixa.

Hókai desamarrou as correias que prendiam a cabeça de urso ao seu pescoço e mostrou o rosto franco a Uncas. O jovem Moicano, sem nada dizer, sorriu e agarrou a faca que o caçador lhe dava.

— Os Hurons vermelhos estão a dois passos de distância. Muito cuidado! — sussurrou o caçador aos seus ouvidos.

— Vamos logo — cochichou Uncas.

— Para onde?

— Acampamento dos Tartarugas: ser os filhos de meus pais.

— E o que vamos fazer dos mingos que estão na porta? São seis, e esse cantor não vale nada.

— Hurons ser conversa-fiada — disse Uncas, com ar de desprezo. — Tótem deles ser alce, mas eles andar como caramujo; dos Delawares ser tartaruga, mas eles correr mais que gamo.

— Sim, sim — disse Hókai —, estou convencido de que na corrida você venceria toda a nação deles, mas os caras-pálidas são mais fortes no braço que na perna; quanto a mim, não tenho medo de nenhum Huron no corpo a corpo. Mas o caso é de rapidez, e acho que ele seria mais ligeiro que eu. Assim, pode tentar a sorte na corrida, que vou por essa cabeça de urso e tentarei livrar-me da coisa com astúcia.

O jovem Moicano cruzou calmamente os braços e encostou-se num tronco que sustentava o teto da cabana.

— Uncas ficar aqui e lutar contra irmão de seu pai — disse resoluto.

— Está bem! — disse o caçador, apertando a mão do jovem índio. Seria agir como mingo e não como Moicano se me abandonasse aqui. Muito bem, vá lá! Fiquemos juntos então. Mas, você vai meter essa cabeça de urso em meu lugar, porque pode representar o papel tão bem quanto eu mesmo.

Uncas, sem opor nenhuma objeção, vestiu em silêncio a cabeça do animal.

— Agora, amigo, vamos trocar de roupa — disse Hókai a David. — Ficará mais à vontade e mais bem-vestido com a minha. Tome: meu chapéu de couro, minha blusa de caçador e minhas calças. Em troca, tomarei sua indumentária[40] e o chapéu. Preciso também do livro, dos óculos e da clarineta. Devolverei tudo isso com infinita gratidão caso nos encontremos outra vez.

O bom David obedeceu prontamente, sem manifestar nenhum pesar, a não ser pelo livro de salmos e os óculos. Assim, metamorfoseado, o caçador, com os olhos vivos atrás daquelas vidraças e a cabeça coberta pelo grande tricórnio, facilmente passaria por David na escuridão.

— Talvez você salve nossas vidas com prejuízo da sua — disse ao professor de canto. — Ouça bem: fique aqui neste canto escuro da cabana e passará por Uncas até que os Hurons descubram a farsa: quanto mais tarde, melhor.

— Ficarei, sim — respondeu David, decididamente. — O jovem Delaware bateu-se valentemente por minha causa, e por ele farei tudo o que me pedirem e mais ainda se me for possível.

— Isso é que é falar como homem! — disse Hókai. — Então, sente-se por ali com as pernas dobradas, que são muito grandes e poderiam trair-nos a qualquer momento. Silêncio, enquanto lhe for possível mantê-lo. Quando os índios virem que foram enganados, o melhor que tem a fazer é entoar um de seus cânticos, a fim de fazer lembrar a esses patifes que não é totalmente responsável pelos seus atos como qualquer um de nós. Adeus, amigo! Que Deus o abençoe...

E apertando a mão de David, saiu furtivamente da cabana em companhia de Uncas.

Os guerreiros, acocorados na escuridão, levantaram as cabeças resmungando quando os dois passaram, mas ninguém fez gesto nenhum para interditá-los. Os dois afastaram-se do acampamento, obrigando-se a uma indiferença tal que não despertasse suspeitas. Nada movia-se em volta deles, e já estavam a alguma distância quando um grito de alerta fez-se ouvir na cabana onde haviam deixado David.

---

40 O mesmo que "suas vestes". (N. do R.)

Estugaram o passo e embrenharam-se pelo mato.

— Agora, fora com a cabeça de urso! — disse Hókai.

Enquanto Uncas ocupava-se em se desvestir, o outro tirou dois rifles, duas cornichas de pólvora e um saquinho de balas que escondera entre as moitas, depois do encontro com o mágico que abatera.

— Eis os demônios enraivecidos seguindo nossas pegadas. Mas já temos com o que recepcioná-los...

Os dois armaram-se, distribuindo as munições, e rapidamente enfiaram-se bosque adentro.

Entrementes, os Hurons, intrigados pela nova silhueta do preso revelada por uma labareda da fogueira, precipitaram-se cabana adentro e descobriram David La Gamme no lugar de Uncas. Sacudiram violentamente o pobre coitado, fazendo-lhes perguntas. Ele, porém, manteve-se em silêncio para cobrir a fuga dos amigos. Depois, vendo chegar o último momento, entoou uma cantiga fúnebre que teve o efeito de aplacar imediatamente seus algozes, persuadidos de que estavam tratando com um pobre de espírito.

Deixaram-no ali e espalharam-se por todo o acampamento, anunciando a nova de evasão. Os guerreiros, acordados aos sobressaltos, lançaram-se às armas e começaram a explorar a caverna de aprisionamento, achando que os fugitivos ali haviam-se recolhido. Para grande surpresa deles, acharam a filha do cacique que, duas horas antes, tinham visto nos braços do feiticeiro branco. Estava morta.

— A mulher do jovem irmão nos deixou — murmurou o velho, impassível. — O Grande Espírito está encolerizado contra seus filhos.

A turba começou a chorar; subitamente, ouviu-se um ruído surdo vindo da gruta contígua. Os mais atirados arriscaram-se na passagem, e, chegando à outra gruta, viram Magua que rolava por terra enfurecido. Apressaram-se a livrá-lo dos laços, cortando as correias que o prendiam.

— Mim estar vendo que irmão arranjar inimigo — disse-lhe o velho cacique. — Estar ele perto daqui que Hurons poder vingar?

— Morte ao Delaware! — gritou Magua, olhando em volta com ar vago.

— Moicano ter boas pernas, saber servir bem delas — replicou o cacique. — Espírito mau entrar em nós e cegar Hurons.

— Espírito mau nada! — repetiu Magua, com ironia. — Sim, ser espírito que pôr em perigo tantos Hurons, ser espírito que matar companheiros no rochedo do Glenn, ser o mesmo: L-O-N-G-A-C-A-R-A-B-I-N-A!

Profundo silêncio acolheu essa assertiva: o caçador desfrutava uma fama terrível por toda parte. Com a ascendência que conseguira desde alguns dias sobre os Hurons, Magua reuniu todos os guerreiros na cabana do conselho, expondo-lhes o plano: conservara consigo a mais nova das duas irmãs, e só confiou a mais velha aos Delawares para provocar o amor-próprio deles. Estava fora de dúvida que a primeira ali se refugiara e, no momento azado, podia ter-se de novo certeza das duas cativas. Mas, convinha antes de mais nada agir com absoluta cautela, a fim de não despertar a suspeita dos Delawares. Um ataque repentino, mas maduramente planejado, permitiria abater de um só golpe os aliados duvidosos e os inimigos que estavam protegendo: o Longa-Carabina, os dois Moicanos e os oficiais ingleses. Toda a tribo consentiu em que ele os comandasse, e o velho cacique confiou-lhe a tarefa de preparar a expedição.

Começou por enviar mensageiros em todas as direções para reconhecer as pegadas dos fugitivos e verificar o que se passava no acampamento dos Delawares. Pela manhã, foram chegando, um após o outro, vinte guerreiros na cabana solitária que Magua ocupava no fundo da clareira. Cada um deles trazia um rifle e armas de caça. Mas seu aspecto nada mostrava de suspeito, pois Magua proibira que fizessem pintura de guerra.

O astuto Mingo contou-os e, pondo-se à testa, deu o sinal de partida. Em vez de tomar pela estrada que levava direto ao acampamento dos Delawares, Magua seguiu algum tempo às margens do regato e subiu até a lagoa dos castores. O dia começava a declinar quando penetraram na clareira onde se erguiam as pequeninas cabanas redondas daqueles animais, algumas alinhadas à margem, despontando das ondas como rochedo, outras.

Enquanto os índios prosseguiam em coluna, um enorme castor levantou a cabeça para fora da cabana, parecendo vigiar os movimentos do grupo, com ar de interesse que denotava algo de humano. Com efeito, quando os Hurons sumiram na floresta, o animal mostrou-se por inteiro: era o silencioso Chingaguk que se desembaraçava de sua máscara.

14
NO ACAMPAMENTO DOS DELAWARES

A tribo dos Delawares, cujo acampamento era contíguo ao dos Hurons, tinha mais ou menos o mesmo número de guerreiros que essa tribo e, do mesmo modo que as demais da região, havia incursionado com Montcalm em território da coroa de Inglaterra, porém recusara-se a cooperar com o general no momento em que essa ajuda podia lhe ser mais útil, isto é, quando decidira marchar contra o forte William-Henry.

De vários modos explicavam os franceses tal defecção, mas a opinião mais corrente era a de que os Delawares não queriam infringir o antigo tratado que os ligava aos Iroquois. Quanto aos próprios Delawares, apenas se contentaram em dizer a Montcalm, com o habitual laconismo indígena, que suas machadinhas estavam cegas e que precisavam amolá-las.

Certa manhã em que toda a tribo se preparava para a caça cotidiana, um homem apareceu bruscamente na ponta do rochedo onde estava situado o acampamento. Não trazia nenhuma arma, e fez sinal de paz ao aproximar-se dos Delawares, que corresponderam sem desconfiança alguma, convidando-o a chegar. O recém-chegado caminhou passo a passo, envolto no tilintar suave de seus enfeites de prata suspensos no pescoço e nos braços. Pequenos guizos enfeitavam seus sapatos de pele de gamo. Parou em frente ao grupo de caciques que, lisonjeados, nele reconheceram um cacique Huron de certo renome, o Raposa-Astuta. Foi recebido de maneira séria e em silêncio, chamando-se o melhor orador da tribo para com ele parlamentar.

— Sábio Huron, ser bem-vindo — disse o Delaware em dialeto maqua. — Será que vem tomar parte no banquete de seus irmãos dos lagos?

— Sim, mim vir para isso — respondeu Magua, com dignidade.

O cacique Delaware fê-lo logo entrar na cabana, onde as mulheres serviram-lhe a refeição matinal. Depois de comerem em silêncio, deram início às conversações.

— Nosso pai do Canadá virar rosto aos filhos Hurons? — perguntou o Delaware.

— Quando virar ele as costas? Ele chamar queridos seus filhos Hurons! — disse Magua.

O Delaware fez um sinal de aprovação e prosseguiu:

— Machadinhas seus guerreiros estar tingidas de sangue!

— Sim — respondeu Magua. — Agora estar cegas, mas brilhantes. Ingleses mortos, Delawares vizinhos. Falar nisso, minha prisioneira dar vocês muito trabalho?

— Ser bem-vinda entre nós.

— Estrada separar acampamento Delaware dos Hurons não ser longa; ser muito fácil. Se causar embaraço, poder meus irmãos mandar prisioneira de volta para minhas *squaws*[41].

— Ser bem-vinda — insistiu o Delaware secamente.

Magua, desconcertado, ficou em silêncio algum tempo, porém sem demonstrar que perplexidade lhe causava tal resposta ambígua.

— Espero meus jovens guerreiros deixar espaço bastante para meus amigos caçar nas montanhas — disse por fim.

— Delawares não precisar ordem de ninguém para caçar nas montanhas — respondeu o outro com altivez.

— Sem dúvida: justiça dever reinar entre Peles-Vermelhas; para que levantar *tomahawk* e faca uns contra outros? — declarou Magua.
— Mas pegadas estranhas nos bosques. Meus irmãos ver pegadas de caras-pálidas não?

---

41 Mulher indígena. (N. do R.)

— Meu pai do Canadá poder vir que seus filhos estar prontos para receber ele.

— Quando grande cacique vier, será para fumar com índios nas cabanas, e Hurons também dizer: "Ser bem-vindo!" Mas ingleses ter braços longos e pernas que nunca cansar. Guerreiros meus pensar ver pegadas inglesas junto acampamento Delawares.

— Poder vir: nunca pegar Delawares dormindo...

— Muito bem! Guerreiro com olho aberto poder ver inimigo — disse Magua.

Depois, percebendo que não podia romper a reserva do cacique, mudou de tática:

— Mim trazer presentes para meu irmão. Sua nação ter razão para não entrar caminho da guerra; mas seus amigos não esquecer onde ela estar.

O astucioso Magua mostrou seriamente os presentes aos olhos deslumbrados dos anfitriões: algumas joias de pouco valor que pilhara às infelizes mulheres do forte William-Henry. A gravidade dos Delawares relaxou-se.

— Nosso irmão ser grande cacique! — exclamaram todos. — Ser bem-vindo.

— Hurons ser amigos dos Delawares; ter mesmos cuidados e dever pôr olho nos caras-pálidas. Meu irmão não ver pegadas de espiões nos bosques?

O Delaware olvidou suas primeiras suspeitas. E confessou:

— Sim, ver pegadas mocassins perto acampamento; até penetraram nossas casas.

— E meu irmão não caçar cães brancos?

— Não; estrangeiro ser sempre bem-vindo casa Delawares.

— Estrangeiro, certo; espião também? Meu irmão acreditar quando saber seu maior inimigo estar sendo tratado no acampamento de seus filhos? Quando dizer que inglês coberto de sangue fuma cachimbo perante seu fogo do conselho? Quando saber que Cara-Pálida fazer perigar vidas tantos amigos estar em liberdade no meio dos Delawares?

— E quem ser esse estrangeiro Delawares dever ter medo?

— L-O-N-G-A-C-A-R-A-B-I-N-A!

Esse nome temido fez tremer os guerreiros Delawares.

— Que querer dizer, Raposa-Astuta? — perguntou o cacique.

— Huron mentir nunca — respondeu Magua com indiferença, cruzando os braços. — Delawares examinar todos prisioneiros e achar um de pele nem vermelha, nem branca.

Um longo silêncio pairou sobre toda a assembleia. O cacique reuniu seus guerreiros à parte para deliberar e enviou mensageiros em todas as direções. Pouco depois, a tribo inteira estava reunida no centro do acampamento.

Um profundo murmúrio elevou-se de repente do seio da turba que rodeava a cabana do grande conselho. A porta abriu-se, dando passagem a três velhos imponentes, que caminhavam a passo lento para o centro do acampamento. O mais velho, secundado com respeito pelos outros dois, vestia uma roupa ricamente adornada; tinha o peito coberto de medalhas, e braceletes de ouro envolviam-lhe os braços e as pernas; o punho de seu *tomahawk* era incrustado de prata. Trazia na cabeça uma espécie de diadema encimado por três penas de avestruz, que caíam-lhe sobre os cabelos brancos. Ao surgir, o nome venerado de Tanemund pairou de boca em boca, e os presentes afastaram-se a fim de dar passagem ao velho cacique Delaware, cuja fama espalhara-se até as fronteiras mais longínquas. Após prestarem homenagem ao patriarca, os homens da tribo retomaram os lugares, e o silêncio recrudesceu em toda a assembleia. Um dos velhos companheiros de Tanemund deu suas ordens em voz baixa: logo alguns guerreiros afastaram-se correndo. Poucos minutos depois, reapareceram escoltando um grupo de estrangeiros, a cuja passagem os índios abriram caminho para deixá-los entrar num círculo formado por toda a tribo.

Em primeiro plano viam-se Alice e Cora, abraçadas. Junto delas, Heyward, imóvel, parecia defendê-las e olhava para todos os lados. Hókai estava um pouco atrás, com os olhos grudados na assistência. Uncas não estava entre elas. Restabelecido o silêncio, um dos caciques mais velhos, que ladeavam o patriarca, levantou-se e perguntou em voz alta:

— Quem dos nossos prisioneiros ser Longa-Carabina?

Duncan e o caçador permaneceram quietos. Vendo, porém, o pérfido rosto de Magua na assembleia, compreendeu logo o major a súbita reviravolta dos Delawares em relação a eles e avançou espontaneamente para proteger seu amigo:

— Sou eu! — exclamou com altivez.

— Como ser que cara-pálida aparecer no acampamento Delaware? Que trazer ele?

— A necessidade: venho procurar abrigo, comida e amigos.

— Não ser o caso: bosques estar cheios de caça, cabeça de guerreiro precisar só do céu sem nuvens para abrigo, e Delawares ser inimigos, não amigos dos ingleses. Vai! Sua boca falar mas coração nada dizer.

Duncan não sabia o que responder; o caçador tomou então a palavra e disse:

— Se não respondi em nome do Longa-Carabina não pensem que foi por medo ou por vergonha: é que não reconheço aos Mingos o direito de me chamarem desse modo. Foi dos meus que recebi o nome de Natanias; os Delawares é que me deram o lisonjeiro nome de Hókai (Olho-de-Falcão), e os Iroquois é que permitiram-se acrescer o de Longa-Carabina, sem que nada os autorizasse a isso.

Os anciãos, embasbacados com essa afirmação, consultaram-se em voz baixa.

— Meu irmão dizer que serpente entrar nosso acampamento. Quem ser? — perguntou virando-se para Magua.

O Huron apontou o dedo para o caçador.

— Será que um sábio vai prestar atenção aos uivos de um lobo? — perguntou Duncan desesperado. — Um cão não mente nunca, mas quando é que já se viu um lobo dizer a verdade?

Os olhos de Magua lançavam chispas de fogo.

— Meu irmão ser chamado mentiroso e seus amigos estar com raiva. Para ver verdade, vão dar fuzis aos prisioneiros para provar com fatos quem ser realmente guerreiros que queremos conhecer.

Magua entendeu que tal prova só fora proposta porque desconfiavam dele, mas fingiu que era uma homenagem que lhe prestavam. Puseram as armas nas mãos de cada um dos dois amigos, que receberam ordem para atirar num vaso de barro dependurado numa árvore distante a cerca de cento e cinquenta passos do local em que se achavam.

Heyward sorriu à ideia do desafio, embora resolvesse insistir na generosa mentira só para descobrir as intenções de Magua. Tomou então do rifle, fez pontaria e atirou. A bala foi cortar a árvore a poucas polegadas do vaso, aos gritos admirados da assistência. O próprio Hókai acenou com a cabeça em sinal de elogio.

— Outro cara-pálida poder fazer o mesmo? — vociferou a turba.

— Posso fazer melhor! — exclamou o caçador, olhando para Magua. — Sim, Huron. Poderia daqui meter-lhe uma bala no coração sem que ninguém tivesse ao menos tempo de impedir me. Mas por que não faço isso? Porque minha regra de lealdade a isso se opõe, porque não quero lançar novas desgraças sobre suas cabeças inocentes. Agradeçam a Deus por isso...

Levou rapidamente o rifle ao ombro, sem parecer fazer pontaria. O tiro partiu e o vaso voou em pedaços. Os guerreiros deram um grito de admiração: desse modo estava dirimida[42] a questão. Os olhares curiosos, que estavam concentrados em Heyward, voltaram-se para o caçador que se tornou assim objeto de comentários. Restabelecida a calma, retomou o velho cacique seu interrogatório:

— Por que querer tampar meus ouvidos? Crer Delawares insensatos para não distinguir pantera de gato selvagem? — perguntou a Duncan.

— Daqui a pouco reconhecerão que o Huron não passa de um pássaro que pipila[43] — respondeu Duncan, imitando por zombaria a linguagem figurada dos índios.

— Muito bem. Ver quem querer tampar nossos ouvidos. Meu irmão — disse encarando Magua —, Delawares escutar você.

O Raposa-Astuta levantou-se e caminhou passo a passo até o centro do círculo, ficando de frente para os prisioneiros.

— Ser um Huron que falar para irmãos. Um amigo de Tanemund! — exclamou, dirigindo-se até a plataforma onde estavam sentados os três anciãos.

— Amigos?! — repetiu o sábio franzindo o sobrolho. — Então Mingos ser donos da terra? Um Huron aqui! Que querer ele aqui?

— *Justiça*! Prisioneiros em poder de seus irmãos, vem ele agora reclamar.

Tanemund virou a cabeça para um dos caciques que o secundava e pediu-lhe algumas explicações. Seu olhar penetrante perscrutou longamente o pérfido Magua; em seguida, disse em voz baixa e com visível asco:

— Justiça ser lei do Grande Manitu. Meus filhos dar comer aos estrangeiros. Depois Huron pegar suas coisas e deixar nós.

Magua lançou um olhar de triunfo à assembleia, e verificou que as duas inglesas estavam sob guarda. Vendo que Cora, a que ele mais co-

---

42 Resolvida. (N. do R.)
43 Som característico das aves que o produzem. (N. do R.)

biçava, era de molde a resistir- lhe com todas as forças, aproximou-se de Alice e carregou-a nos braços, certo que a outra iria acompanhá-lo imediatamente. Cora, porém, em vez de ceder a esse impulso instintivo, atirou-se aos pés do patriarca.

— Venerando Delaware! Imploramos à tua sabedoria e teu poder! Pedimos tua proteção. Não prestes atenção às mentiras deste monstro: quer enganar-te para matar a sede que o devora. Tu que viveste tanto tempo, tu que conheces as desgraças da vida, deves saber que é preciso compadecer-se da sorte dos perseguidos.

A moça estava ajoelhada, com as mãos postas e a cabeça baixa: o desespero só servia para aumentar sua comovente beleza. O velho Tanemund pareceu ceder a tanta aflição e à graça que se irradiava de toda a sua pessoa.

— Quem ser você? — perguntou.

— Sou de uma raça detestada: sou inglesa; mas nunca te fiz mal algum, e estou implorando tua proteção.

— Meus filhos dizer mim onde Delawares estar acampados? — disse o patriarca, interpelando os que os rodeavam.

— Nas montanhas dos Iroquois, além das nascentes do límpido Horican.

— Quantos áridos estios passar sobre minha cabeça desde que beber águas do meu rio! Filhos de William Penn, o melhor dos ingleses, ser homens brancos mais justos de todos, mas ter sede e tomar o rio. Não ser assim? Por que seguir nós até aqui?

— Não estamos seguindo ninguém — respondeu Cora prontamente. — Fomos retidas contra a nossa vontade e trazidas ao teu reduto, mas somente pedimos permissão para nos retirarmos tranquilamente para o nosso país. Então, não és Tanemund o pai, o juiz, o profeta dessa gente?

— Mim ser Tanemund que viu muitos dias!

— Há mais ou menos sete anos que um dos teus estava à mercê dos brancos nas fronteiras desta província. Alegou possuir o sangue de Tanemund, ao que imediatamente o chefe branco o pôs em liberdade, em consideração a tão ilustre descendência. Lembras o nome desse guerreiro inglês?

— Mim lembrar quando menino brincar perto do mar, e grande canoa de velas brancas veio um dia ao nascer do Sol...

— Não, não estou falando desse tempo tão remoto, mas de uma graça concedida ao teu sangue por um dos meus, graça muito recente, para que o mais jovem dos teus guerreiros possa dela lembrar-se.

— Então ser quando ingleses e holandeses brigar pelo bosque dos Delawares caçar, não? Tanemund ser então cacique poderoso, que por vez primeira deixar o arco para se armar com trovão dos brancos...

— Não! Não! — exclamou Cora —, isso seria ir muito longe; estou falando de uma coisa passada ontem. Por certo que não te esqueceste, não?

— Ontem — redarguiu o velho com uma expressão de tristeza. — Ontem filhos dos Lenapes ser donos do mundo! Peixes do lago salgado, pássaros, animais selvagens, e Mingos chamar eles Sagamoros.

Desesperada por não conseguir fazer-se entender, Cora tentou um derradeiro esforço:

— Tanemund: és pai?

O velho percorreu com o olhar a assembleia inteira.

— Pai? Sim, pai duma nação inteira... — respondeu com orgulho.

— Nada peço para mim — prosseguiu Cora. — Como tu e os teus, a maldição transmitida pelos meus ancestrais caiu sobre sua filha com todo o peso!

Virou-se para mostrar a frágil Alice, que debatia-se nos braços de Magua e falou:

— Mas eis ali uma desgraçada que jamais sofreu até agora a ira celeste. Tem pais e amigos que a amam e aos quais traz felicidade. É tão meiga, e sua vida é por demais preciosa para que se torne vítima desse bárbaro!

— Mim saber que caras-pálidas ser raça de gente altiva e ávida. Mim saber que eles querer ser donos do mundo, e também que o mais vil deles achar que ser superior aos caciques dos peles-vermelhas. Mas não ousar eles falar muito alto diante do Manitu! Eles entrar neste país ao Sol nascer: poder sair ao Sol deitar! Mim ver muitas vezes gafanhotos arrasar árvores e comer folhas todas, mas sempre estação das folhas voltar e folhas aparecer outra vez!

— Muito certo — confessou Cora com um longo suspiro. — Há, porém, um prisioneiro que não foi trazido à tua presença ainda, e que pertence à tua gente. Peço que o escute antes de deixar que o Huron parta levando sua presa.

— Mandar ele vir — ordenou Tanemund.

15
A SENTENÇA DE TANEMUND

Moveu-se a turba e as últimas fileiras abriram-se para dar passagem a Uncas. Todos os olhares se fixaram com admiração no porte elegante, desembaraçado e firme da pessoa do prisioneiro, que caminhou passo a passo para o estrado, inclinando-se respeitosamente diante de Tanemund.

— Que língua vai falar diante Grande Manitu? — indagou o patriarca sem abrir os olhos. — A língua dos meus pais, a língua dos Delawares respondeu Uncas.

— Um Delaware! — exclamou o velho, enquanto a turba protestava irada em volta. — Mim viver muito tempo para ver tribos dos Lenapes abandonar "fogo dos conselhos" e dispersar como tropa de gamos nas montanhas dos Iroquois! Mim já viu machado de um povo estrangeiro abater nossos bosques, honra do vale, poupados pelos ventos dos Céus. Mim viu animais correndo nas montanhas e passamos perdidos entre nuvens, prisioneiros das cabanas dos homens. Mas nunca mim já viu um Delaware tão vil, que penetrar rastejando como serpente venenosa nos acampamentos de sua gente.

— Pássaros cantar e Tanemund reconhecer sua voz — respondeu Uncas com voz suave e melodiosa.

O sábio tremeu e inclinou a cabeça como se ouvisse os sons de longínqua melodia.

— Tanemund ter visão de sonho? Que voz vem ter ao seu ouvido? O inverno abandonar a gente sem voltar, e dias bonitos vão renascer para os filhos dos Lenapes?

— Falso Delaware tremer só de ouvir palavras que Tanemund vai dizer — rugiu um dos guerreiros. — Ser um cão que late quando ingleses mostrar pista. Ninguém ouvir ele...

— E vocês ser cães que deitar na terra quando franceses jogar restos de seus gamos — respondeu Uncas, olhando.

Tanemund levantou a mão para conter a turba que queria precipitar-se sobre o preso, e disse:

— Delaware, indigno desse nome, faz muitos invernos que meu povo não ver brilhar sol puro. Guerreiro que abandonar sua tribo batida pela adversidade ser duplamente traidor. Lei de Manitu ser justa e imutável: ser sempre assim enquanto rios correr e montanhas ficar de pé, enquanto se ver folha de árvore nascer, secar e morrer. Essa lei, meus irmãos, dá a vocês todo poder para julgar esse irmão indigno. Mim abandonar ele para justiça de vocês.

No meio das aclamações dos selvagens, um dos caciques proclamou em voz alta que o prisioneiro estava condenado ao suplício da fogueira. Rompeu-se o círculo e a metade dos assistentes foi ocupar-se dos preparativos. Hókai e Heyward queriam ir em socorro do amigo, mas debatiam-se freneticamente contra os que os retinham. Cora de novo atirou-se aos pés do patriarca, suplicando sua mercê. Nessa agitação toda somente Uncas conservou a calma. Os carrascos aproximaram-se para agarrá-lo, e um deles rasgou-lhe violentamente a túnica de caça, procurando levá-lo ao poste, mas os braços de Uncas caíram de repente ao longo de seu corpo: os espectadores da primeira fila recuaram em silêncio, com os olhos esbugalhados como se deparassem uma aparição sobrenatural. No peito do preso via-se uma tatuagem azulada, bem nítida, representando uma pequena tartaruga.

Uncas, sorrindo do triunfo, rechaçou a turba com um gesto decidido.

— Homens da tribo Leni-Lenape! Minha raça possui a terra e sua fraca gente repousa nessa carapaça — exclamou mostrando com orgulho o selo quase divino impresso em seu peito. — Que fogo poder um Delaware acender para queimar o filho de meus pais? Sangue dessa fonte apagaria suas chamas. Minha raça ser mãe de todas nações!

— Quem ser você? — indagou Tanemund, com voz trêmula.

— Mim ser Uncas, filho de Chingaguk — respondeu o preso inclinando-se diante do velho. — Filho de Unamis, o Grande-Tartaruga!

— Hora de Tanemund estar próxima — exclamou o sábio. — Dia de sua existência estar muito perto da noite. Graças ao Grande Manitu por mandar aquele que dever tomar meu lugar no fogo do conselho. Uncas, o filho de Chingaguk, ser por fim achado! Os olhos da águia que vai morrer fixar ainda esta vez no Sol nascente! Será que mim sonhou que tanta neve cair sobre esta cabeça, que meu povo estar dispersado como areia no deserto, e que ingleses mais numerosos que folhas da floresta espalhar nessa terra abandonada? A flecha de Tanemund não ferir nem o gamo mais tenro, que seu braço estar fraco como os galhos de um carvalho moribundo; até uma lesma poder vencer ele na corrida. Mas, entretanto, Uncas estar aqui diante dele, tal como quando partiram juntos para lutar contra caras-pálidas. Uncas, pantera da tribo, filho mais velho dos Lenapes, o Sagamoro mais astuto dos Moicanos. Quatro guerreiros de sua raça viver e morrer desde tempo que amigo de Tanemund comandava seu povo no combate. Sangue da tartaruga correr nas veias de muitos caciques, mas todos voltar ao seio da terra donde ser tirados, todos menos Chingaguk e seu filho!

Os Delawares ouviram seu velho cacique com supersticioso respeito. Uncas olhava de soslaio[44] para ver o efeito que sua declaração tivera, e compreendeu então que havia reconquistado todo o seu antigo prestígio junto à tribo. Vendo Hókai amarrado numa árvore, lançou-se para o amigo e cortou-lhe as cordas, dizendo para Tanemund:

— Pai meu, olhar este cara-pálida. Ser homem justo e amigo dos Delawares.

— Cara-pálida então ser filho de William Penn, o melhor dos ingleses?

---

44 De lado; sem olhar diretamente. (N. do R.)

— Não, pai. Ser um guerreiro conhecido dos caciques e temido pelos Maquas. Nós chamar ele de Hókai (Olho-de-Falcão) porque seu golpe de vista nunca enganar ele. Mingos conhecer ele pela morte que leva aos seus guerreiros: para eles cara-pálida ser Longa-Carabina!

E Tanemund, olhando para o caçador, exclamou:

— O Longa-Carabina! Filho meu estar errado dar ele nome de amigo.

— Mim dar esse nome quem mostrar ser assim — retorquiu com calma o jovem cacique. — Se Uncas ser bem-vindo junto Delawares, também Hókai dever ser junto amigos.

— O Mingo que me acusa é um vil impostor — disse o caçador. — Não negarei que imolei muitos Maquas, mas jamais fiz mal conscientemente a qualquer Delaware.

Os guerreiros entreolharam-se, como pessoas que começam a recobrar-se de um engano.

— Onde estar Huron? — indagou Tanemund.

Magua, despeitado, só pensava em conquistar a posse de sua prisioneira, a morena Cora. Disse a Tanemund:

— Justo Tanemund guardar aquilo que Huron lhe confiar?

O patriarca desviou-se da fisionomia sinistra do Raposa-Astuta para falar com Uncas:

— Filho meu dizer: estrangeiro ter direito de vencedor?

— Não ter nenhum, pai; pantera poder cair na armadilha armada para ele, mas sua força poder quebrar elas todas.

— E Longa-Carabina?

— Amigo meu rir dos Mingos. Vamos, Hurons! Perguntar seus semelhantes qual cor do urso.

— E o estrangeiro e a moça cara-pálida que chegar juntos no meu acampamento?

— Dever os dois viajar livremente.

— E mulher que Huron confiar meus guerreiros?

Uncas ficou em silêncio. Tanemund repetiu a pergunta com ar sério:

— E mulher que Huron confiar meus guerreiros?

— Mulher mim pertence — gritou Magua com um gesto de triunfo. — Moicano saber mulher mim pertence.

— Filho meu calar — observou Tanemund, esforçando-se para ler no rosto virado de Uncas. E Uncas disse em voz baixa:

— Ser verdade.

Houve uma longa pausa quando a turba admitiu a custo as pretensões do Mingo com supremo asco. Por fim, disse o velho sábio:

— Huron poder ir embora.

— Raposa-Astuta ir embora como chegou, venerando Tanemund? — Perguntou o astuto Magua — ou com mãos cheias da fé dos Delawares? Cabana do Raposa-Astuta estar vazia. Devolver para ele seu bem.

O velho refletiu por um momento e inclinou-se para um dos seus companheiros.

— Esse mingo ser cacique? — perguntou.

— O primeiro de sua tribo.

E virando-se para Cora, disse:

— Que querer filha? Grande guerreiro tomar moça por mulher; vai, sua raça jamais desaparecer!

— Prefiro mil vezes a morte! — exclamou a moça, gelada de medo.

— Huron lembrar que moça que entrar na cabana com asco só trazer desgraça.

Magua lançando à sua vítima um olhar irônico, retrucou:

— Moça cara-pálida falar língua seu povo, raça de mercadores, e querer vender olhar favorável. Grande Tanemund dever dar sentença.

— Que querer Huron?

— Quer nada mais que trouxe para cá.

— Muito bem, então; Huron poder ir com o que pertence ele. Grande Manitu proibir Delaware ser injusto.

— Magua caminhou e agarrou a prisioneira pelo braço, enquanto os Delawares recuavam em silêncio.

— Pare! — exclamou Duncan, precipitando-se para Cora. — Huron: ofereço-lhe por esta mulher um resgate que pode torná-lo mais rico do que qualquer um de seus semelhantes.

— Magua não precisar bugiganga dos caras-pálidas.

— Ouro, prata, pólvora, chumbo, tudo que um guerreiro carece terá em sua cabana, tudo que convém a um grande cacique.

— Raposa-Astuta não importar com isso: só quer vingança — disse Magua apertando o braço de Cora. — Poderoso Tanemund, é para vós que apelo. Será que não vos deixareis comover?

O sábio, fechando os olhos cansados, respondeu:

— Delaware já falou; não falar duas vezes.

Hókai, fazendo sinal a Duncan para não o interromper, falou:

— É prudente um grande cacique não perder tempo em voltar sobre aquilo que já disse, mas a prudência também manda que um guerreiro faça maduras reflexões antes de romper com o *tomahawk* a cabeça de seu prisioneiro. Huron, não gosto de você, nem também direi que um Mingo jamais tenha tido de que se louvar de mim. Daí pode-se concluir sem dificuldade que, se essa guerra não acabar logo, um grande número de seus guerreiros verão o que lhes custará encontrar-me nos bosques. Não prefere assim saber que estou para sempre desarmado a levar essa mulher para seu acampamento?

Magua soltou o braço de Cora e, retrocedendo, perguntou:

— Longa-Carabina oferecer sua vida em troca da prisioneira?

— Solte a moça, que serei seu prisioneiro.

Um murmúrio de aprovação passou pela turba para louvar o corajoso desprendimento. Magua parou, e pareceu hesitar um momento; no entanto, a cobiça que lhe inspirava a prisioneira afinal prevaleceu em seu coração. Pondo amigavelmente a mão no ombro de Cora, disse:

— Raposa-Astuta ser grande cacique: ter só *uma* vontade. Vamos!

A desesperada moça abraçou a irmã, sorriu de longe para os amigos e acompanhou o selvagem sem esboçar a menor resistência.

— Vá, Magua! — gritou Duncan ameaçando-o com os punhos. — Os Delawares têm leis que os impedem de retê-lo, mas a mim ninguém impedirá: onde quer que você for, seguirei seu rastro!

Magua compreendeu a ameaça sem se afastar de sua habitual frieza. Tranquilamente, respondeu:

— Bosques ser livres. Mão-aberta poder mim seguir como bem quiser.

— Pare — disse Hókai, retendo Duncan pelo braço. — Esse monstro pode levá-lo a uma emboscada.

Uncas, respeitando as leis de hospitalidade que paralisavam toda a tribo naquela hora, nem se mexia. Entretanto, disse:

— Huron: justiça dos Delawares vir do Manitu? Olhar o Sol: estar presente em todos os galhos das árvores; assim que sair, ter guerreiros em sua trilha.

— Mim estar ouvindo grito de corvo — exclamou Magua com um riso de escárnio. — Caminho! — ordenou à gente que a muito custo queria dar-lhe passagem. — Onde estar essas mulherzinhas dos Delawares? Poder vir tentar suas flechas e seus fuzis contra Mingos. Cães, ladrões medrosos, mim cuspir cara de vocês todos!

Ninguém deu importância aos insultos, que caíam em morno silêncio. O Huron, acompanhado de sua prisioneira, tomou o rumo da floresta com ar de triunfo.

16
A MORTE DE UNCAS

Assim que Magua e sua vítima sumiram, o acampamento dos Delawares tornou-se palco de extraordinária agitação. Enquanto os caciques entravam na cabana do conselho a fim de deliberar, os mais jovens guerreiros entoavam cânticos de guerra e entregavam-se à dança do escalpelo em volta de um pinheiro novo, dilacerado a golpes de *tomahawk*, num simulacro do suplício que reservara-se para o astuto Magua. Mulheres e crianças, levados pelo entusiasmo, agitavam-se nos preparativos da expedição e enchiam a clareira com seus gritos agudos. A exaltação e alegria feroz de todas as fisionomias prenunciavam represálias horrorosas. Uncas foi o primeiro a sair da cabana e, olhando para o Sol, viu que a trégua concedida a Magua acabava de expirar: deu um longo brado de guerra.

Na mesma hora, o acampamento tomou outro aspecto. Os homens, equipados com suas armas e cobertos de pinturas de guerra, reuniram-se em silêncio em pequenos grupos para aguardar as ordens. Duncan, depois de pôr Alice a salvo junto às mulheres Delawares, juntou-se ao caçador, que preparava as armas com muito cuidado. Enquanto isso, Uncas reunia os caciques, delegando-lhes sua autoridade. Apresentou Hókai como um guerreiro experiente, que sempre considerara digno de sua confiança, dando-lhe o comando de vinte homens valentes. Depois, explicou aos Delawares o posto que ocupava Heyward nas tropas inglesas e quis fazer-lhe a mesma honra, porém, Duncan preferiu combater na qualidade de voluntário ao lado do caçador. O tempo urgia. Deu-se então o sinal de partida: mais de duas centenas de guerreiros penetraram na floresta atrás do jovem Moicano.

Depois de uma hora de marcha, nada se viu do inimigo. Uncas mandou que parassem e reuniu os caciques para combinar maior rapidez no avanço. Ao fim do conselho, viram um homem, que saía da escuridão do bosque vindo do acampamento inimigo, parar hesitante nas moitas onde estavam escondidos os Delawares. Todos os olhos voltaram-se para Uncas, à espera de uma decisão.

— Ser um Huron — disse em voz baixa o jovem cacique. — Hókai, espião não poder entrar casa seus amigos.

— Sua hora é chegada — disse o caçador. E apontou o cano do fuzil por entre as folhagens; mas em vez de puxar o gatilho, baixou a arma, morrendo de rir.

— Um pouquinho mais e eu tomaria esse pobre diabo por um Mingo! Uncas, olhe bem para ele. Não reconhece nosso cantor? Com que então afinal de contas não é senão o imbecil chamado David La Gamme, hein? Cuja morte não aproveita ninguém. Se a harmonia de minha voz ainda não perdeu de todo seu poder, vou fazê-lo ouvir uma ária mais agradável ainda do que a voz de minha carabina.

Escorregou por entre as moitas e pôs-se a cantarolar com voz surda, do jeito que fizera na caverna dos Hurons. David La Gamme, que tinha ouvido apurado, reconheceu a ária que lhe era familiar, e correu em direção à voz. O caçador, surgindo das moitas, disse:

— Quem me dera saber o que vão os Hurons pensar de tudo isso! Se os tolos estão à distância de nos ouvirem, dirão que há dois imbecis em lugar de um só. Mas estamos em segurança aqui — disse apontando para Uncas e seu grupo. — Vamos lá: conte-nos o que se passa no acampamento dos Mingos.

O pobre homem pareceu bastante aliviado por achar-se entre amigos. E disse:

— Os pagãos estão no campo, e temo que tenham más intenções. Fazem um tumulto tal em suas casas há mais de uma hora que fugi, para buscar descanso junto aos Delawares.

— Mas onde é que eles estão?

— Então escondidos na floresta, a pouca distância da aldeia.

— E Magua? — perguntou então Uncas.

— Está com eles também. Depois de encerrar de novo a moça na caverna, pôs-se à frente dos selvagens como um lobo furioso. Não sei o que foi que o amofinou a tal ponto.

— Está dizendo que deixou a moça na caverna? — indagou Heyward. Graças a Deus que sabemos onde ela está! Não teríamos um meio de libertá-la imediatamente?

Uncas olhou firmemente para o caçador e perguntou:

— Que achar Hókai?

— Dê-me meus vinte homens. Tomarei a direita pela margem do riacho; passaremos ao lado da lagoa dos castores, onde aproveitarei para reunir o Sagamoro e o coronel. Bem cedo ouvirão meu brado de guerra ecoando deste lado, pois o vento leva-o sem dificuldade. Uncas, nessa hora, comece a empurrá-los à sua frente e quando estiverem ao alcance de nossos fuzis, oh! Pela fé de um caçador! Prometo que os farei vergarem que nem arco de freixo! Depois disso, entraremos na aldeia e iremos direto à caverna livrar a moça. Major, não é um plano muito sábio, mas com coragem e paciência pode-se executá-lo com êxito.

— O plano me agrada — disse Duncan. — A caminho!

O destacamento seguiu cerca de uma milha pela margem do riacho, suficientemente abrupta para esconder a marcha aos olhos do inimigo; além disso, as moitas que bordejavam a correnteza ofereciam bom abrigo. Não obstante isso, os índios da vanguarda paravam de cinco em cinco minutos para ouvirem os leves ruídos da floresta.

Hókai, olhando as nuvens que começavam a amontoar-se no céu, disse para o major Heyward:

— É possível que tenhamos um dia bom para pelejar. Sol ardente, fuzil que brilha, impedem a boa mira. Tudo nos favorece. Mas aqui termina o matagal que nos protegia: redobremos o cuidado, que agora o inimigo pode nos perceber de longe.

O riacho seguia um curso irregular: ora corria por entre estreitos canais cavados nos rochedos, ora derramava-se pelos vales profundos, onde formava imensas lagoas bordejadas de árvores arruinadas ou muito espalhadas, que não favoreciam o deslocamento de uma tropa. Calculando que a aldeia dos Hurons não devia estar a mais que meia milha dali, e temendo alguma emboscada, o caçador agachou-se atrás de uma moita para observar a região, enquanto seus guerreiros permaneciam junto ao leito do rio. A um sinal do chefe, voltaram para a margem, agrupando-se silenciosos em torno dele. Hókai então mostrou-lhes com o dedo a direção que deviam tomar, e partiu à frente da tropa, que dispunha-se numa fila indiana, caminhando em silêncio atrás dele.

Nem bem mostravam-se a descoberto e um fogo cerrado explodiu atrás deles: um Delaware, ferido, caiu pesadamente no chão.

— Ponham-se todos a coberto e fogo! — berrou o caçador. A tropa dispersou-se e, antes que pudesse dar conta de si, Heyward achou-se sozinho com David. Felizmente, os Hurons já haviam recuado, mas esta trégua não deveria durar muito tempo; o caçador reapareceu logo, dando exemplo de sua perseguição descarregando a carabina e correndo de árvore em árvore, enquanto o inimigo recuava vagarosamente. Os Delawares saíram das moitas, e no auge do ataque varreram tudo que supunham à sua frente.

O corpo a corpo durou um minuto apenas: os Hurons puseram pé na ponta de um pequeno bosque onde estavam seus contrafortes. Fizeram então meia-volta para retomarem a ofensiva com tamanho vigor que o caçador julgou a batalha perdida. Nessa hora crítica, porém, ouviu-se um tiro na lagoa dos castores, atrás da linha inimiga. Logo depois ecoava um horrível brado de guerra.

— É o Sagamoro! — gritou Hókai. — Agora os temos pelos dois lados, e não nos escaparão!

Os Hurons, desconcertados por esse repentino ataque, fugiram em debandada, deixando numerosos mortos em mãos dos Delawares. Heyward ajudou o coronel Munroe a sair do esconderijo onde vivera por três dias, e informou-lhe do acontecido nos acampamentos indígenas. O veterano, sobretudo preocupado com sua filha Cora, reuniu-se aos combatentes sem dar ouvidos às admoestações do major.

Hókai, mostrando o Sagamoro à sua tropa, entregou-lhe o comando ao Moicano, Chingaguk, cuja descendência e feitos de guerra lhe davam esse direito. Os Delawares, vencedores, tomaram fôlego numa colina cheia de árvores que dominava um vale escuro e muito estreito. Nesse desfiladeiro, Uncas ainda batia-se contra o corpo das tropas Hurons. O Moicano e seus amigos ficaram atentos: o ruído do combate parecia aproximar-se, e uma nuvem de fumaça flutuava sobre o lugar onde a luta se feria.

— Estão vindo na direção do baixio, onde as árvores são mais densas e então poderemos pegá-los pelos flancos. Vamos, Sagamoro, bem cedo daremos o grito de guerra e cairamos na pele deles. Pode estar certo que nenhum Huron jamais passará o rio por trás de nós sem que minha carabina lhe fira os ouvidos!

Na hora em que a linha de fogo crepitando ao longe achegou-se bem perto dos Delawares, Chingaguk deu o sinal: sua tropa abriu fogo, matando de uma só salva uma dúzia dos Hurons. Ao brado de guerra que ele havia dado, responderam com aclamações que vinham da floresta. Uncas surgiu das moitas pela passagem que o inimigo deixara livre, à testa de mais de uma centena de guerreiros.

As duas alas inimigas, vendo-se desse modo cortadas, retornaram para os bosques procurando por abrigo, mas perseguidas de perto pelos Delawares. O ruído do combate foi sumindo em várias direções, tornando-se cada vez mais fraco. Entrementes, um pequeno núcleo de Hurons comandados por Magua recuara devagar, disparando até a colina que Chingaguk e sua tropa acabavam de deixar.

Na pressa de lançar os companheiros em perseguição dos que fugiam, Uncas ficara quase sozinho. Ao ver Raposa-Astuta, porém, olvidou-se do perigo e, reunindo cinco ou seis guerreiros, precipitou-se atrás do raptor de Cora. Magua, certo de que teria êxito no primeiro contato, parou para esperá-lo, e já dispunha seus guerreiros quando novos brados ecoaram: de repente, surgia o Longa. Carabina à testa de uma pequena patrulha, que contava em suas fileiras com o major Heyward, David La Gamme e o coronel Munroe. O Huron virou as costas e bateu em retirada na direção da colina.

Desenfreada perseguição comandada pelo jovem Moicano levou fugitivos e vencedores até o centro da aldeia dos Hurons, que reagruparam-se para defender suas cabanas e se bateram desesperadamente em volta do "fogo do conselho". Mas a machadinha de Uncas, a carabina de Hókai e o sabre do coronel Munroe fizeram tamanha devastação em suas fileiras que a terra logo ficou juncada de cadáveres. Magua, cercado por toda parte, embrenhou-se num matagal; vendo a entrada da caverna, para ela precipitou-se com seus dois últimos índios. Hókai, vendo que a presa encerrava-se dentro de sua própria armadilha, deu um berro de alegria.

Os ingleses irromperam, semeando pavor nas galerias subterrâneas onde as mulheres e crianças da tribo se refugiaram. Quanto mais avançavam, porém, mais diminuía a claridade, e Uncas, que corria à frente, não distinguia mais a silhueta dos três fugitivos. Por fim, viram que um vestido branco flutuava à boca de um corredor estreito, que desembocava no flanco da montanha.

— É Cora! — gritou Heyward, com a voz trêmula. — Coragem, aqui estamos!

Uncas jogou fora o fuzil que embaraçava sua corrida e deu um pulo à frente.

— É preciso pegá-los — gritou o caçador. Não podemos atirar neles, pois fazem de escudo o corpo da moça.

Com efeito a saída escondida da caverna ia dar no flanco mais escarpado da montanha e, já em pleno ar livre, viram eles por essa passagem que, à pouca distância, na contra-encosta, os três Hurons desciam por um trilho abrupto levando a infeliz Cora.

— Pare, cão Mingo! — berrou Uncas do alto da rocha, brandindo o *tomahawk*.

Cora, resistindo com todas as forças aos raptores, parou à beira de um precipício a prumo no caminho e gemeu:

— Não! Daqui não passo! Prefiro que me matem!

Na mesma hora, os dois Hurons ergueram os *tomahawks*, porém, Magua, desarmando-os, tirou sua faca e virando-se para a prisioneira, disse:

— Escolher, mulher: cabana do Raposa-Astuta ou sua faca?

Cora, com o rosto voltado para o céu, caiu de joelhos. O Huron se tremia todo, e ergueu o braço, deixando-o cair em seguida como se não soubesse o que decidir. Nesse momento, ouviu sobre a cabeça um grito lancinante: Uncas precipitou-se de uma altura vertiginosa sobre a cornicha do rochedo onde se achava o inimigo. Magua levantou os olhos, e desse movimento aproveitou-se um dos companheiros para enterrar furiosamente a faca no peito da moça.

Magua, espumando de raiva, atirou-se ao índio que, desse modo, frustara sua vingança. Uncas, porém, ao cair, separou os dois e rolou por terra aos pés deles. Magua, sem dar-lhe tempo de se levantar, mergulhou covardemente a faca nas costas do Moicano que, mesmo ferido mortalmente, ainda assim teve forças para dar um pulo e apunhalar o assassino de Cora. Depois, com um olhar de escárnio para Magua, rolou no chão. De novo, Magua enterrou-lhe a faca no peito, agarrando-se furiosamente a ele até vê-lo exalar o último suspiro.

— Mercê[45], Huron! — exclamou Heyward do alto do rochedo. — Tenha piedade dos outros se deseja que tenham piedade de ti.

Magua rebentou de rir e, atirando longe a faca ensanguentada, fugiu aos saltos de rochedo em rochedo.

— Caras-pálidas ser cães danados, Delawares ser mulherzinhas! Magua deixar eles no rochedo para servir de pasto urubus...

Hókai, dependurado num cume que dominava o campo da luta, seguia todos os seus movimentos com a carabina entre as mãos e o queixo apoiado na coronha. No momento em que Magua tomava impulso para transpor uma fenda enorme que se abria no vácuo, o caçador deu ao gatilho. O tiro ecoou como um trovão que ribombasse pela ravina inteira: o Huron, atingido em pleno coração, vacilou das pernas, rolando pela encosta. Tentando agarrar-se aos tufos de mato, afinal mergulhou de cabeça no abismo.

---

45 O mesmo que "tenha misericórdia". (N. do R.)

17
NA FLORESTA BENFAZEJA

Ao nascer do Sol, o acampamento dos Delawares era um palco de tristeza e desolação: grito algum de vitória, canto algum de triunfo; nada se fazia ouvir. Os retardatários abandonavam o campo de batalha, depois de escalpelarem o derradeiro inimigo e se darem apenas tempo de pensar as feridas, para mais cedo juntarem-se às lamentações dos mortos da tribo. As cabanas estavam vazias, e os sobreviventes reuniram-se num acampamento vizinho, onde formavam um vasto círculo em volta de dois catafalcos rústicos. Seis índias Delawares de longas tranças, negras e soltas, jogavam de tempos em tempos flores silvestres numa liteira de plantas aromáticas, onde repousava o corpo de Cora.

O coronel Munroe, ajoelhado aos pés dela, era uma figura venerável de cabelos brancos, acabrunhado de dor. De pé, atrás dele, via-se David La Gamme, que lia piedosamente o pequeno livro preto. A poucos passos dali, Heyward esforçava-se por consolar Alice, que soluçava em seus braços.

Ao lado desse grupo repousava o cadáver de Uncas, o jovem Moicano, sentado num trono coberto de folhas, numa postura de gente viva. Cobriram-no com os enfeites mais bonitos da tribo. Penas soberbas flutuavam em sua cabeça; suas mãos seguravam armas brilhantes; o pescoço e os braços estavam enfeitados com uma profusão de braceletes e medalhas de ouro e prata. Chingaguk, de pé diante dele, não trazia nem armas, nem enfeites, de nenhuma espécie, tirante apenas a tatuagem de tartaruga pintada no peito com tinta indelével. O velho guerreiro Moicano, imóvel como uma estátua, não tirava um só instante os olhos do rosto do filho. Junto a ele, o caçador apoiava-se na carabina em atitude contemplativa. Tanemund, secundado pelos velhos da tribo, subirá num pequeno outeiro de onde pudesse descortinar com um só golpe de vista toda a cena dos funerais, para, com voz profética, falar:

— Homens dos Lenapes! Face do Manitu esconder atrás da nuvem, seus olhos voltar outro lado, seus ouvidos estar fechados, seus lábios não dar resposta. Não poder ser visto, mas poder aplicar suas sentenças. Abrir vossos corações, não deixar cair em mentira.

Longo silêncio seguiu-se a esse convite à prece. Depois, um coro de vozes suaves fez-se ouvir no seio da assistência, alternando louvores à moça branca e ao herói morto, evocando sua entrada de mãos dadas nas florestas bem-aventuradas do paraíso indígena. Os Delawares ouviam o canto das mulheres em profundo recolhimento. O próprio David, piedoso, porém incapaz de apreender o sentido daquele canto, deixou-se enredar no encanto das notas melodiosas que a todos traziam paz de espírito.

Chingaguk não se movia, e seu olhar não vacilava. Estava vivendo apenas na contemplação do filho que tanto amara. Terminado o canto, um índio de alta estatura, guerreiro de renome pelos feitos de guerra que combatera ao lado de Uncas, cruzou passo a passo o círculo da turba, parando em frente ao catafalco[46], e falou ao guerreiro:

— Por que deixar nós, orgulho dos Wapanachki? Tua vida durar só um instante, tua glória ser mais brilhante que luz do Sol. Tu partir, moço vencedor, mas cem Hurons te preceder no trilho e levar mundo dos espíritos para barrar tua passagem no meio de espinhos. Quem poder te ver no meio da batalha e acreditar que podias morrer? Quem poder antes de tu mostrar a Utsawa caminho do combate? Tens pés parecer asas de águia, teu braço ser mais pesado que altos galhos que tombar do cimo do pinheiro, tua voz ser como do Manitu quando falar do seio das nuvens. Palavras de Utsawa ser muito fracas, seu coração estar ferido de dor. Por que deixar nós, orgulho dos Wapanachki?

Atrás de Utsawa, vinte dos melhores guerreiros foram pagar seus tributos e louvores à memória do irmão de armas. Em segui-

---

[46] Plataforma alta e móvel que serve como local de descanso provisório de um cadáver durante as cerimônias funerais, antes do enterro ou cremação. (N. do R.)

da, o silêncio de novo caiu no acampamento fúnebre. A um sinal de Tanemund, as moças levantaram a liteira de Cora e afastaram-se cantando, acompanhadas pelo coronel Munroe e sua outra filha, apoiada em Heyward e David La Gamme. Hókai vinha cerrando a fila. O sítio escolhido para a sepultura era uma pequena colina onde brotava uma porção de pinheiros novos. As moças depuseram o fardo e voltaram-se timidamente para os ingleses. O caçador, o único dentre eles que estava a par dos rituais, falou-lhes em dialeto Delaware:

— Moças fazer coisa certa; caras-pálidas agradecer.

Satisfeitas por esse testemunho de aprovação, depuseram o corpo de Cora num caixão feito de casca de bétula, colocando-o depois na cova e cobrindo-o com folhas e terra recentemente removida.

— Basta — disse o caçador —, espírito de cara-pálida não precisar roupa nem comida. Deixar falar agora quem conhecer costume dos cristãos.

David La Gamme então abriu o livro negro, que jamais deixava, e cantou a prece aos mortos com a voz embargada pela emoção. Quando acabou o último versículo, o coronel Munroe deu um longo olhar para o túmulo da filha, e voltou-se depois para a turba impassível, dizendo a Hókai:

— A compaixão das moças índias comoveu-me, e por isso agradeço-lhes de todo o meu coração. Agora sei que minha filha descansará em paz nessa floresta que lhes pertence e em meio aos seres simples que ela amava. Nosso Senhor levará isso em conta e eu as abençoo pelo carinho piedoso que terão por esse túmulo.

O caçador voltou-se para as mulheres, exprimindo-lhes o reconhecimento do coronel em termos figurados. O velho deixou cair a cabeça no peito, abandonando-se ao pesar, enquanto Alice caía de joelhos diante do túmulo. Heyward, vendo que jovens índios lhes traziam os cavalos selados, aproximou-se respeitosamente de seu comandante, suplicando-lhe que não se desesperasse com a dor.

— Compreendo sua intenção, Duncan — respondeu Munroe esforçando-se para falar num tom firme de voz. — É a vontade do Céu, à qual me submeto. Vamos, amigos! Nada mais nos resta fazer aqui. Partamos!

Antes de montar, Heyward apertou a mão de Hókai e recordou a promessa que lhe fizera de vir integrar o exército inglês. Todos saudaram os índios silenciosos que se enfileiravam à margem da pista para honrarem a partida, e embrenharam-se nas sombras da floresta.

Hókai, depois de ver seus amigos sumirem, voltou ao acampamento dos Delawares, que já começavam a vestir Uncas com suas roupas de couro, mas pararam um instante para deixar que o caçador lançasse um derradeiro olhar ao jovem cacique. Em seguida, envolveram seu corpo para jamais ser descoberto, e toda a tribo o levou em procissão solene até o túmulo. Uncas foi enterrado em atitude de repouso, com o rosto virado para o Sol nascente e suas armas de guerra e caça ao alcance da mão, tudo preparado como se para uma longa viagem. Por fim, fez-se um orifício no caixão para que o espírito pudesse comunicar-se com sua carcaça terrena.

Assim que a cova se encheu de terra, a atenção de todos voltou-se de novo para Chingaguk, que ainda não abrira a boca desde o início da cerimônia, na esperança de ouvirem suas últimas palavras de consolação. Adivinhando essa impaciência, o velho pai ergueu bruscamente a cabeça e lançou um olhar calmo a toda a turba.

— Por que irmãos meus estar tristes? — disse vendo o ar abatido dos guerreiros que o rodeavam. — Por que filhas minhas estar chorando? Porque jovem guerreiro ir caçar nas florestas benfazejas! Porque cacique teve carreira honrada! Ser bom, ser humilde, ser valente. Manitu ter necessidade de guerreiro igual e chamar por ele. Mim, mim não ser mais que tronco ressecado que caras-pálidas despojar das raízes e galhos. Raça minha desaparecer das margens do lago salgado e do seio dos rochedos dos Delawares. Mas quem poder afirmar que serpente de sua tribo olvidou sua sabedoria! Mim estar só...

— Não, Sagamoro! — exclamou Hókai pondo-lhe a mão no ombro. — Não está só. Nossa cor pode ser diferente, mas Deus colocou-nos no mesmo caminho para que fizéssemos juntos esta viagem. Não tenho mais nenhum parente, e como você posso também dizer que não tenho povo! Uncas era seu filho, era um Pele-Vermelha: o mesmo sangue que corre em suas veias. Mas, se eu jamais esqueço o jovem que tantas vezes lutou ao meu lado nos tempos de guerra, que aquele que criou a todos nós possa esquecer de mim no derradeiro dia! O menino deixou-nos por algum tempo, mas você, Sagamoro, não está só!

Chingaguk tomou a mão que Hókai lhe dava no alto do outeiro fúnebre, e os dois intrépidos caçadores inclinaram-se, ao mesmo tempo, no túmulo onde repousavam os restos de Uncas. E, em meio ao silêncio, o velho Tanemund elevou a voz para dispersar a turba:

— Basta! Filhos Lenapes poder ir! Cólera de Manitu não estar aplacada. Por que Tanemund esperar ainda? Caras-pálidas ser donos da terra, mas hora dos Peles-Vermelhas não soar ainda. Dia de minha vida durar muito. De manhã, mim ver filhos de Unamis, o Grande-Tartaruga, fortes e felizes. Mas antes da noite cair, mim viver para ver último guerreiro da antiga raça dos Moicanos!

FIM

**CONFIRA NOSSOS
LANÇAMENTOS AQUI!**

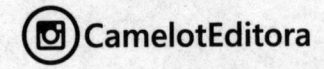

Camelot
EDITORA

CamelotEditora